铁塔王国

〔日〕江户川乱步　著

叶荣鼎　译

山东画报出版社

译者序

红极一时的日本动漫《名侦探柯南》的作者漫画家青山刚昌，孩提时代曾是江户川乱步的超级追星族，他笔下的主人公江户川柯南的姓就取自日本推理文学鼻祖江户川乱步，名则取自英国的柯南·道尔。

日本作家历来都有用笔名的传统，江户川乱步本名平井太郎，早年就读于早稻田大学经济学专业，江户川就在早稻田大学旁边。巧合的是，"江户川"的日式英语发音 "edogawa（爱多嘎娃）"，与 "Edgar a-（埃德加·爱）"的发音极其相似；

"乱步"的日式英语发音"ranpo（兰波）"，与"llan Poe（伦·坡）"的发音又十分相近，故而决定以"江户川乱步"为笔名。从此，这个名字陪他度过了四十年推理文学创作生涯，也成为日本推理文学史上不可逾越的高峰。

1923年，乱步在《新青年》杂志上发表处女作《二钱铜币》，引发轰动。当时的编者按这样写道："我们经常这样说，《新青年》杂志上总有一天将刊登本国作者创作的侦探小说，并且远远高于欧美侦探小说的创作水平。今天，我们终于盼来了这一兴奋时刻。《二钱铜币》果然不负众望，博采外国作品之长，水平遥遥领先于外国名作。我们深信，广大读者看了这篇小说后一定会深以为然，拍案叫绝。作者是谁？是首位登上日本侦探文坛的江户川乱步。"

1925年，乱步发表小说《D坂杀人事件》，成功塑造了日本推理文学史上的第一位名侦探——明智小五郎。其后，他又陆续创作了《怪盗二十面相》《少年侦探团》等脍炙人口的作品，其中的"怪盗二十面相""少年侦探团"等角色已经突破了类型文学的束缚，成为世界文学史上的典型形象，先后多次被搬上各种舞台，改编成各种各样的影视、动漫作品。

第二次世界大战爆发后，江户川乱步因作品被禁止出版，投笔抗议，公开发表《作者的话》："我撰写的小说主要是把侦探、推理、探险、幻想和魔术结合在一起，让读者富有想象力和创造力。人类必须怀有伟大的梦想，经过不断的努力，才会创造出伟大的时代。没有梦想，没有幻想，就没有科学。历史已经证明，科学的进步多取决于天才的幻想和不懈努力。科学进步了，人民才会过上好日子。可是今天的战争，毁掉了科学，毁掉了人民的梦想，日本人民将会被一个不剩地当作炮灰，却还是避免不了失败的结局。"

1947年，日本侦探作家俱乐部成立，乱步被推举为主席。俱乐部在1963年改组为日本推理作家协会，至今仍是日本最权威的推理作家机构。1954年，乱步在六十大寿之际，个人出资100万日元，设立"江户川乱步奖"，用以激励年轻作家。在之后的半个多世纪里，以东野圭吾为代表的一大批优秀的日本推理文学作家通过这个奖项脱颖而出，他们的成绩也使得"江户川乱步奖"成为日本推理文坛最权威的大奖。

1961年，为表彰乱步在推理文学界的杰出贡献，日本政府为其颁发"紫绶褒勋章"（授予学术、艺术、运动领域中贡献卓著的人）。1965年，乱步突发脑出血去世，获赠正五位勋三等瑞宝章。为纪念乱步，名张市建有"江户川乱步纪念碑"与"江户川乱步纪念馆"，丰岛区设有"江户川乱步文学馆"，供日本与世界的爱好者与学者瞻仰和研究。

《江户川乱步全集》作为乱步作品之集大成者，先后出版了多个版本，加印数十次，总印数超过一亿册，迄今已有英、法、德、俄、中五大语种版本问世。衷心希望诸位读者能够通过这一版的中文译本，回望日本推理文学的滥觞，领略一代文学大家的风采。

是为序。

2021年元旦于上海虹桥东华美寓所

目　录

怪异卡车

　　一位少年行走在麹町附近一条偏僻的街道上。他叫小林芳雄，是大侦探明智小五郎的少年助手。

　　天色渐暗，小林加快脚步朝坐落在麹町的明智侦探事务所走去。

　　通往麹町的街道左侧，至今还残留着火灾后的建筑废墟。废墟周围是一大片长满野草的空地。街道右侧，是百米多长的混凝土围墙。这条不太宽阔的街道上，此刻暮气沉沉，朦朦胧胧。

　　黄昏刚降临不久，街上已经看不见一个行人，静得让人一阵阵发怵。

小林沿着围墙拐角转过弯后，发现那里有一辆奇怪的卡车，车上载着一口大木箱。木箱正面，有五个横着排列的小圆孔。每一个圆孔，直径三厘米左右。圆孔之间的距离，大约十厘米。

卡车旁边站着一位老爷爷，头发花白，长长的银须垂在胸前。布满刀刻般的皱纹的脸上，架着一副曾经流行过的小圆镜片的眼镜。隐藏在镜片背后的那双眼睛，像大象眼睛那样眯得又细又长。身上穿的好像是三十年前棋盘图案的西装。脚上穿的不是皮鞋，而是休闲鞋。两手绕在背后，脸上笑嘻嘻的。

站在这样冷清的大街上，老人究竟想干什么？小林边想边不由得停住脚步，抬头端详老爷爷的表情。

"哈哈哈……你来得正好！我一直在找你！"

老爷爷张开没有牙齿的嘴巴笑着说，嘴角也鼓起了皱纹。

"你找我？你大概认错人了吧？我可不认识你呀！"小林吃惊地问道。

老爷爷脸上的表情很认真。

"我没有认错人，我有东西要让你看。这口大木箱的用途，你可能知道，也可能不知道。如果回到三四十年前，像你这样的少年一见到这玩意，准会高兴得手舞足蹈，眉飞色舞。我说给你听吧，它叫'西洋镜'。就像现在的漫画，不管谁都喜欢看。

"瞧，只要把眼睛凑在圆孔上，就可以看到平时不可能见到的有趣的东西。由于圆孔里嵌有镜片，西洋镜里的风景如同现实风景一样。怎么样？小弟弟，想看西洋镜吗？"

小林以前听大人说起过他们小时候看过西洋镜，但自己没见过这玩意。今天算是开眼界了，原来这笨重的木箱就是西洋镜。他感到好奇，想见识一下，便走上前把眼睛凑到圆孔前，仔细窥视起来。

小林的视线刚一触及西洋镜里的画面，便啊地惊叫起来。正如老爷爷说的那样，由于镜片作用，木箱里出现了一望无际的山水风景。

小林望着这些逶迤起伏的大山，感觉就像坐在飞机上俯视地面一样。像这种风景，多半由玩具积木组合而成。枝繁叶茂的大树郁郁葱葱，酷似真正的深山老林。

黑压压的树林里矗立着一座黑色建筑物，模样犹如欧洲城堡，还有多座塔状楼房。建筑色彩单一，黑不溜秋，乍一看像钢板建造的楼房。西洋镜里的城堡，多半由薄铁片仿制而成。由于镜片具有放大折射功能，使玩具达到真正的城堡效果。

"再仔细看一下！那一大片高山就在我们日本境内，那座西洋风格的城堡就在大山里。怎么样？你所看到的，都是一些不可思议的东西吧？"

老爷爷不停地嘟哝着，声音嘶哑而低沉。突然，西洋镜里的城堡发生了变化。

城堡的圆塔顶上似乎有东西在蠕动。瞧，那家伙迅速越过塔顶与塔身的交界处，顺着塔壁向下爬行。

那是一只庞大的黑色甲虫，与塔窗的大小比较，大黑甲虫有人那么大。

大黑甲虫顺着塔壁快速向下爬行，头顶上有一个向外凸起的大黑角。小林触景生情，想起欧洲的妖怪小说里出现过一个叫独角虫的怪物。这只正在爬行的黑甲虫，论体积和头部的可怕形状，与其叫它黑甲虫，倒不如称它独角虫怪物更为合适。

不一会儿，独角虫怪物爬完塔壁下到地面。随后在树林中爬行，渐渐朝正在窥视的小林眼前走来。忽然，从茂密的树林里跳出一头小鹿。当它发现有独角虫怪物时扭头就跑，试图返回树林。论体形，小鹿比独角虫怪物小许多。可见，独角虫怪物是庞然大物。

独角虫怪物发现仓皇逃窜的动物是一头小鹿，顿时凶相毕露，连跑带扑地追赶上去。那气势汹汹的模样，宛如蜘蛛扑向被缠在丝网上的苍蝇，勇猛并且迅速。

独角虫怪物用铁钩般的前爪紧紧摁住小鹿，不让小鹿动弹。倒在地上的小鹿被摁得喘不过气来，全身一动不动的，似乎已经死了。

独角虫怪物见小鹿不再动弹，便悄悄地后退一步，随后将锋利的独角对准小鹿腰部一阵猛刺。只见小鹿痛苦地扭动身躯……

小林看到这里赶紧离开窥视孔，害怕目睹小鹿惨不忍睹的结局。他揉了揉眼睛环视四周，还是原来的街道，只是已经黄昏过后。街道左侧仍然是空地，右侧依然是混凝土围墙，身边还是那辆载有西洋镜的卡车，车旁还是那位白胡子爷爷。

啊，太好啦！西洋镜里出现的情景，一定是虚构的！小林重重地吐了一口气，右手不由自主地抚摸着剧烈起伏的胸口，宛如刚从噩梦中醒来。

西洋镜里不可能出现气势磅礴的大山和一望无际的树林。即便有，也只不过是玩具积木搭建的。黑甲虫无疑也是玩具，多半依靠简单的机械原理驱动。加上镜片的特有功能，给人在视觉上一种真实场面的感受。

"哈哈哈……怎么样？觉得有趣吧？"

白胡子爷爷注视着小林的脸，笑着说。接着，他说了一通令小林震惊的话。

"小弟弟，你得牢记刚才的那一片风景！虽说是在西洋镜里看到的，但现实中真有这样的山和树林。黑色的城堡、黑色的独角虫怪物都是实实在在客观存在的。这样的景色、建筑、动物的确存在，预示着世界上将发生惊天动地、骇人听闻的大事件。就跟你说这些。小弟弟，再见！"

白胡子爷爷说完，驾车驶离路边，顺着街角转弯后消失了。令小林深感奇怪的是，那辆载有西洋镜的卡车居然没有引擎声响。白胡子爷爷和那辆卡车，仿佛被夜幕吞噬了似的。

白胡子爷爷和卡车早已不见踪影，小林却还是一动不动地待在原地，就像被狡猾的狐狸耍弄了一遭，惆怅、茫然、不知所措。出现在眼前的可怕一幕，究竟是真实的还是幻觉？

他猛地感到脊背凉飕飕的，全身不停地颤抖。暮色越来越浓，转眼变成了夜色，气温急剧下降，寒冷从四面八方朝他袭来。

夜闹银座

打那以后的一个深夜，银座大街发生一起耸人听闻的事件。

山村志郎是一名初中二年级学生，家中就他和妈妈两个人生活。母子俩在银座后面的食品商店二楼租了一间房屋。妈妈是裁缝，每天去附近一家服装厂的缝纫车间上班。

一天深夜，妈妈突然感到肚子一阵阵绞痛，痛苦得在床上翻来覆去的。山村赶紧冲出房间，跑到附近的公用电话亭给医生打电话。

好在医生说马上就到，山村这才松了口气。当他准备走出电话亭的时候，忽然看到玻璃门外的不远处有一根黑色树枝模样的东西在晃动。

他顿时警觉起来，想出去但又不敢推门，刹那间不知如何是好。这时候，那根树枝模样的东西距离玻璃门越来越近，眼看就要擦着玻璃。山村急忙瞪大眼睛观察，觉得它像闪闪发光的黑色金属棒。金属棒后半段变得越来越细，细得像老鼠尾巴。细尾巴似的东西有好几条，相互纠缠在一起。

山村不由得胆战心惊，两条腿紧张得抖个不停。黑色金属棒模样的东西渐渐向前伸展，接着像锯齿那样弯曲。过了一会儿，黑色金属棒像树根那样开始越变越粗。当它完全裸露的时候，旁边出现了一个黑色动物。这回出现的，竟是令人吃惊的黑色庞然大物。两只滴溜溜打转的大眼睛，隔着玻璃直勾勾地望着山村。

不仅如此，黑色庞然大物的脑袋上还有长矛般的尖角，长度大约五十厘米，形状像树枝。

黑色怪物打算用金属般的尖角捣破电话亭的玻

璃门。

"哇哇哇哇哇……"山村吓得一个劲地叫喊，全身瘫软在地，倒在电话亭里。

当他醒来时，玻璃门外的黑色怪物已经不知去向。他赶紧爬起来振作一下精神，提心吊胆地推开玻璃门探出脑袋朝周围窥视。

接着，他悄悄跨出门槛走到路边再朝四处打量。周围静悄悄的。山村撒开双脚不顾一切地往家奔跑。当来到转角的时候，山村无意间望了一眼银座大街。忽然，他发现前面有一个奇形怪状的动物在爬行。山村又不禁紧张起来，身体僵硬得像雕塑。

果然有怪物！深更半夜的，尽管霓虹灯光已经完全熄灭，可路灯还是通宵达旦地亮着。微弱的灯光下，黑色怪物的背部似乎涂了一层黑色油漆，光亮如镜。从形状看，怪物酷似万倍放大镜下的独角虫怪物。那模样令人不寒而栗。黑色怪物的脑袋上长着一只粗壮的角，酷似独角猛兽。

就在这时，山村背后传来咯噔咯噔皮鞋走路

的响声。他赶紧回头，来人不是怪物而是巡逻警员。

从巡逻警员脸上的表情看，他似乎没有察觉到附近有怪物。

山村见警员来了，像迷路的孩子见到亲人那样忍不住痛哭起来，双手紧紧抱住警员的腰，脸深深埋在怀里。警员冷不防吓了一跳，警惕地扫视周围。山村用僵硬的手指着怪物出现的方向，警员张大眼睛朝那里望去。猛然间，警员全身上下摇晃了一下，伫立在那里半晌没有说话。他劝山村快回家，自己则鼓起勇气，小心翼翼地朝怪物走过去。

山村受了惊吓，但心里还惦记着家中患病的妈妈。在警员的安抚下，拔腿朝家里疾跑。

他遇到楼下食品店的营业员，诉说刚才与怪物的可怕遭遇。于是，一传十，十传百，这件事很快在顾客和营业员中间传开了。

虽说夜深人静，可一些胆大之人并不畏惧。一听说有怪物，连忙操起棍棒来到银座大街上搜索。随后，他们又赶到怪物曾经出现的地方继续搜索。

就在这时，传来一声沉闷的枪声，在夜空中回荡。原来，是那位巡逻警员瞄准怪物开了枪。

转眼间，黑色怪物已经爬到银座大街上。怪物身后，警员气喘吁吁地追赶着。一听到枪声，附近警务站的两名警员赶来援助。在他们身后不远的地方，跟着一群手持棍棒的男子，好像十五六个。

由于是次日凌晨两点左右，银座大街上空无一人。电车铁轨闪烁着银光伸向远处。一想到大白天门庭若市的银座大街变得如此寂静、冷清，大家不禁害怕起来。

白天的银座大街车水马龙，熙熙攘攘，一派繁忙景象。而一到夜里，这里却与白天形成鲜明对照，让人感到格外寂寞。

宁静的电车铁轨上，庞大的独角虫怪物正撒开它那多得数不清的脚快速奔跑。

子弹接连飞出枪口，传来阵阵回声。也许怪物表面覆盖的钢板足以抵挡子弹的威力，尽管被多次射中，却只是发出当当的响声而已。怪物仍以惊人的速度向前疾跑。

就在这时候，一辆载着乘客的出租车朝这里驶来。

出租车司机加大马力，在没有行人的大街上奔驰。他偶尔望了后视镜一眼，发现车后有怪物跟着。他大吃一惊，冒出一身冷汗。虽一时分辨不出究竟是什么怪物，但怪物体形庞大是可以断定的。

在出租车后车灯光的照射下，怪物那对比乒乓球还大的眼睛里射出刺眼的绿光。怪物猛地低下脑袋，用那尖刀般的独角嗖地刺向车后挡风玻璃。

后排座位上的乘客也察觉到车后有怪物跟着，惊恐万状，扑在前排座位的靠背上。

正在怪物身后追赶的人群惊呆了。按理说，车与一般动物相撞的话，受伤的应该是动物。尽管大家痛恨怪物，可心里还是为怪物捏着一把汗。就在怪物与轿车车尾之间相隔只有五米的时候，司机猛踩刹车板，车轮与地面剧烈摩擦，发出吱的尖叫声。

接下来的瞬间，更奇怪的事情发生了。

独角虫怪物没有把车辆紧急刹车当作一回

事，仍继续狂奔，丝毫没有减速。当接近轿车的时候，独角虫怪物忽然间绕到车头迅速爬到轿车引擎盖上。

司机见独角虫怪物用尖角朝挡风玻璃刺来，吓得赶紧全身后仰。一刹那，他看见尖角后面的那两道贪婪的目光剑一般地射向自己。顿时，不省人事，昏死过去。

大家目睹独角虫怪物从轿车正面爬上车顶，再顺着挡风玻璃爬到车尾，直到地面上，又沿着电车铁轨疯狂奔跑。螳螂般的长腿不停晃动，载着庞大的身躯飞速向前。

独角虫怪物与警员和人群组成的追兵之间的距离越来越远。独角虫怪物有多条腿，追兵只有两条腿，不仅追不上，还累得直喘粗气。

怪物沿着银座四号路拐角转过弯后，朝数寄屋桥方向疾跑。突然，从数寄屋桥警务站里冲出两名警员。他俩持枪径直朝怪物猛扑上去。可怪物满不在乎，像机器人那样昂首挺胸，毫不畏惧地迎上去，与两名警员正面交锋。

砰，砰，传来两声枪响。独角虫怪物没有趴下，继续冲向猛扑上来的警员。当靠近警员身体的时候，独角虫怪物抬腿一阵猛踢，警员们一左一右地被踢倒在地。

独角虫怪物突如其来的袭击让倒地的两位警员蒙了。他俩面面相觑，挣扎着想爬起来，可手脚不听使唤。幸亏怪物头上的角没有朝他俩刺来，否则后果不堪设想。

独角虫怪物一阵风似的闯过数寄屋大桥，向右转过弯后很快不知去向。追兵们在警员带领下追到数寄屋大桥后，在那里分头展开搜索。可是，怪物已经无影无踪。

不翼而飞

　　《黄金虫》小说里描述的金色独角怪物和怪蛾背部，画有白色骷髅。这只巨大的独角虫怪物身体黑而光亮，背上竟然也有相同的图案。

　　小林向新闻记者通报这一情况，于是第二天的报纸上出现了独角虫怪物的模拟画像。许多读者来信，猜测它们可能是来自地狱的妖虫。

　　打那天夜里出现独角虫怪物后的两个星期里，银座大街上再也没有出现异常情况。怪物似乎永远消失了。

　　时间飞快，又过去了一个星期。一天晚上，居住在荻洼的高桥太一郎家里，竟发生了意想不到的事情。

高桥先生是昭和钢铁公司的总经理，其超大型别墅坐落在荻洼的高桥。院子面积有三千多平方米，有树林、草坪、假山、水池。全家共四口人，高桥先生夫妇俩和两个儿子。长子叫高桥壮一，读初中二年级。次子叫高桥贤二，读小学四年级。此外，有用人和私人秘书。

那天晚上七点左右，一个叫木村的朋友打电话给高桥先生，凑巧高桥先生没有外出，便随手提起话筒。

"高桥先生，再过一会儿，一个叫村濑的人代表我公司拜访贵府，请予以接待。有关详细情况，村濑先生会告诉你的。"

对方说完挂断电话。

片刻后，果然有一个叫村濑的男子前来拜访高桥先生，从外表看，年龄大约三十岁。脸型瘦削，长相丑陋。可介绍人是自己的好朋友，并且是代表公司专程拜访自己的。于是，高桥先生亲自迎接并请入座会客室。

一阵寒暄之后，两个人面对面地坐在沙发上用茶。长达五分钟的时间里，村濑没有说明来意，只是一个劲地盯着高桥先生的脸。

"木村先生在电话里说你代表公司光临，敬请村濑先生直言吩咐。"

高桥先生催促对方说。村濑扑哧笑了，说了一句令人难以置信的话。

"我既不代表公司，也不是木村先生介绍的。"

"什么？那木村先生刚才打来的电话是……"

"那电话是我冒充木村先生打的。高桥先生，我说话的声音很像木村先生吧？"

村濑呼地吹了一下正在燃烧的烟头，厚颜无耻地说。

"你说什么？你冒充木村先生打电话？"

高桥先生不由得摆出主人架势，将手伸向茶几上的按钮，欲喊秘书来会客室赶走不速之客。

"喂，高桥先生，警告你别动按钮。我今天来，只是想和你单独谈谈。你要是按铃，我手上的家伙可是要走火的哟。"

村濑眼疾手快，从口袋里掏出手枪对准高桥先生的胸膛。

见对方掏出手枪，高桥先生哑然失色。

"好吧，我现在说说我的来意。"

村濑说了开场白，接着继续往下说："说起铁塔王国……我想你多少知道一点吧！其实，铁塔王国就在我们日本的深山老林里。尽管那里无人知晓，但王国确实存在，那儿有一大片高耸入云的黑色铁塔。我这次登门拜访是遵照铁塔王国首领……不，是铁塔王国元首的命令。

"我们元首知道你是闻名东京的巨富，特拜托你做一件有益于铁塔王国的善事。对你来说，轻而易举就能办到的。我们铁塔王国的财政最近比较紧张，为此，要求你捐款一亿日元。不过，你不能拒绝这一要求。铁塔王国元首的命令，是任何人都不可违抗的圣旨。不需另行通知捐款时间和地点，钱直接交给我就行了。这就是我今天拜访贵府的使命，想必你全听明白了。好，请你回话。"

村濑双眼直勾勾地盯着高桥先生。

高桥先生被突如其来的无理要求吓得目瞪口呆。心想，这家伙莫非神经病患者?

"怎么? 你不想回话? "

"哦，村濑先生……我拿不出那么多钱。日本国里还有一个王国，而且是铁塔王国。这，我怎么能相信? 再说一亿日元是巨款，我可没有这个经济实力，请村濑先生回去转告你们元首。"

高桥先生觉得正面回答可以加快进度，索性一针见血亮出自己的观点。

"哼，高桥先生，你以为我在胡说八道? 好吧，我说得再明白一点。今年，铁塔王国决定从日本国挑选一批优秀少年集中训练，将他们培养成特种部队保卫铁塔王国。你如果不愿意交出一亿日元，那你的次子高桥贤二将被强行送入铁塔王国接受特种训练。今后，你也不可能再见到他了。我们元首说了，这两种方案由高桥先生选择。

"最近，铁塔王国发明了新式装甲车。两个星期前，银座大街上出现过一个貌似独角虫的庞然大物。各大报纸曾经报道过，想必你已听闻。其实，独角虫怪物是铁塔王国的保护神。那是一种采用特殊钢材建造的新型装甲车。

"那种特殊钢材，子弹根本射不进去。不仅如此，独角虫怪物还擅长魔法，像幽灵那样时而出现，时而消失。曾经在某个晚上，独角虫怪物在数寄屋大桥瞬间不翼而飞。当时参与搜查的警员们和许多凑热闹的人都证实了这一点。

"我们铁塔王国里有这样威力的兵器，但你们日本国没有。我们运用这样的兵器，可以随心所欲地在日本带走我们看中的少年。尤其那些头脑聪明、动作灵活和身体条件好的少年，更是我们寻觅的对象。就是出动警方围追堵截，也奈何不了我们魔鬼般的新型铁甲战车。

"实话告诉你，只要少年长得可爱并且被我们看中，那他的家长必须向铁塔王国缴纳一亿日元捐助款。否则，我们将带走少年。现在摆在高桥先生面前的就是这两条路，随你走哪一条。"

高桥先生越听越觉得对方在信口开河，说什么也不相信有那么回事。这家伙以独角虫怪物大闹银座案为由，编造谎言招摇撞骗。

"你好像还有点犹豫不决，这也情有可原。这样吧，给你一天时间。明天傍晚，我打电话给你，时间在下午五点到六点之间，请千万别走开！明晚你可别含糊不清！否则，你是要付出代价的。如果你故意不在家，我们将强行带走你的次子高桥贤二。我可不是开什么玩笑，希望你别把我的话当耳边风，也希望你别吃后悔药。"

村濑说完站起身，慢慢地朝身后的院子走去。

"你现在还没有到按铃的时候，听懂我说的意思了吗？在我没有离开之前，你必须给我老老实实地坐着！否则，子弹是不长眼睛的。"

窗帘面料是厚实的平绒，从天花板一直拖到地面。村濑掀开窗帘，再缓缓合上，将身体隐藏在窗帘背后。尽管看不见他的人影，但枪口从窗帘汇合处向外露出，朝着高桥先生的胸膛。窗帘下面露出一双皮鞋的前半部分。这家伙一动不动地站在窗帘背后，隔着窗帘窥视高桥先生。

会客室里，出现了一幅奇怪的画面。一个站在窗帘后面，一个坐在远离窗帘的沙发上，沉默地僵持着，简直像两尊蜡像。

终于，还是高桥先生忍耐不住了。他悄悄伸出手使劲按住设置在茶几上的按钮，随后猛地站起身来冲向房门。他胆战心惊，担心子弹穿透自己的背部。可是……根本没有这样的迹象。

他一拉开房门，便与推门进来的秘书撞了个满怀。

"那家伙拿着枪正躲在窗帘后面。快瞧瞧！看见了吧？快！再喊一些人绕到院子那里前后夹击，一定要抓住他！"

高桥先生命令秘书，随后站在走廊上顺着门缝观察窗帘后面的动静。那家伙还是没有改变原来的动作，依然笔直地站立在窗帘后面。窗帘中间是黑洞洞的枪口，窗帘下面还是露着那双皮鞋的前半部分。

奇怪的是，窗帘没有丝毫晃动的迹象。

高桥先生感到可疑，但又没有勇气闯入房间，两条腿不停地颤抖。

　　片刻，窗帘那儿传出拉动的响声。瞬间，窗帘朝左右两边快速移动。高桥先生揉了一下眼睛仔细一看，站在窗户前面的不是别人，而是秘书。咦？那个叫村濑的家伙呢？怎么不见踪影了？

　　高桥先生瞠目结舌，惊愕得连话也说不出了。这时候，秘书微笑着将窗帘向两边全部拉开。原来，枪被固定在窗帘的汇合处，那两只皮鞋被放在窗帘下面，他制造了人站在那里用枪指着高桥先生的假象。事实上，那个叫村濑的家伙把枪系在窗帘上，脱掉皮鞋后跳窗逃走了。

潜入书房

那天晚上，高桥先生发现歹徒逃走后立即报警。警方赶到现场听了高桥先生的叙述，觉得歹徒可能是精神病患者。为防止继续骚扰，警方在别墅前后门设置岗哨。不过，警方并没有立案侦查。

深山老林里有一个铁塔王国，高桥先生压根儿不信。明天晚上，那家伙打来的电话不必接听，让秘书打发就得了。

第二天晚上，村濑准时打来电话，而且一连打了好几次。每一次都是秘书接听，回答说高桥先生不在家。

从第三天晚上开始，村濑没有食言，按照事先说的接二连三地制造了事端。

那天晚上七点左右，高桥先生的次子贤二在书房里埋头看书。这一带由于是非常冷清的高级住宅区，周围非常安静，静得连自己的呼吸声也听得非常清楚。

书房虽然是贤二和哥哥壮一共同使用，但哥哥壮一不知去哪里了，留下贤二独自一人待在书房里。

这时候，写字桌上传出翻书的响声。贤二觉得奇怪，便在写字桌上搜寻起来，并没有发现可疑情况。少顷，又传来翻书声音，似乎就在耳边。贤二害怕起来，瞪大眼睛盯着桌面。突然，台灯的底座后面爬出一条黑色虫子，乍一看，像独角虫。

独角虫的头顶上长着一只尖角，背上有白色图案。

贤二端详着图案，猛地紧张起来。那图案不是别的，是一张骷髅脸。他赶紧离开桌面，站到远处注视着桌面。接着，又有一条独角虫从台灯底座后面爬出。

紧接着，第三条，第四条，第五条……接连不断地从台灯底座后面涌向桌面。并且，它们浩浩荡荡地爬到贤二刚才阅读的那本书上。瞧！所有的独角虫背上都有骷髅图案。

贤二再也不敢停留在书房里了，转身拉开房门刚要朝餐厅方向奔跑的时候，发现哥哥壮一正朝自己走来。

"怎么啦？瞧你这副慌张模样，出什么事啦？"

"我看见独角虫了！有许多许多，背上都有骷髅图案。你不信？就在我那张写字桌上……"

贤二一把抱住哥哥的身体，哭丧着脸诉说。

"什么？骷髅图案？好，一起去看看到底是怎么回事。有哥哥在，你别怕。"

壮一拿出哥哥的架势，显得十分镇静。

可奇怪的是，当他俩闯入书房查看贤二写字桌的时候，那么多的独角虫不见了。两个人先打开抽屉检查，再趴在地上搜寻，还把桌子搬到书房中间四处寻找，结果连一条独角虫的影子也没有见着。

奇怪呀，刚才涌出的一大群昆虫，现在竟然幽灵般化为乌有了。

翻箱倒柜找了半晌，兄弟俩什么也没有发现，于是闯入爸爸书房，向他说了刚才发生的事。爸爸听了全身紧绷，表情变得阴沉起来，陷入深深的沉思。看来，那个叫村濑的家伙果然言出必行。往后，一定要认真对待不能掉以轻心。可怎么防呢？高桥先生一时没了主意。

当晚十点左右的时候，秘书广田亲眼看见奇形怪状的动物。

广田深得高桥先生的信赖，目前还正在大学里念书。每天放学回家，为高桥先生忙里忙外，家务活也干。这天晚上，他像往常一样关上大门后朝别墅玄关走去。途经院子的时候，发现院子里好像有东西晃来晃去。

明亮的月光，仿佛给院子里的树和草披上亮晶晶的外衣。突然，月光下闪出一个黑乎乎的庞然大物，横穿院子朝后门方向跑去。黑色怪物的走路姿势，既不像犬也不像猫。

广田蹑手蹑脚地跟在黑家伙身后仔细观察。走着走着，似乎觉得自己像半夜里梦游。

皎洁的月光把别墅墙面照得白茫茫的，广田开始眼花、恍惚。模糊中，他发现黑色庞然大物在地上匍匐。黑油油的背上有白色骷髅图案，腿又长又细，像螳螂腿，长矛般的独角足足有五十厘米长，眼睛里射出两道贪婪的目光。广田看清它的模样后不敢往前走，也不敢往后退，两条腿软得像棉花，使不出劲来。

这时候，怪物不再匍匐前行，而是露出凶恶的眼神盯着广田。

广田见状扭头就逃，敏捷地躲到建筑物背后。

"怪物没准已经发现我了。瞧那长矛般的角也许有探测功能，能测出我现在站立的位置。"

想到这里，广田的心跳开始加剧，呼吸也跟着急促起来。

足足五分钟时间里，怪物盯着广田的脑袋没有动弹。看来它脑袋上的"探测器"灵敏度不怎么样，察觉不出广田的存在。瞧，怪物转过脸去朝原来的方向爬行。广田庆幸没有被怪物发现，从建筑物背后探出脑袋，目光紧跟着怪物。

怪物在月光下不停地爬着，当靠近别墅窗户时停住脚步。那是壮一和贤二兄弟俩的书房。广田不由得将双手握成拳头，等待着怪物接下来的举动。

怪物将前腿搭在墙上，后腿直立，接着，前腿搭在窗台上，睁大眼睛朝房间里窥视。

怪物是站着趴在窗台上的，面对着月光的背部散发出一道道寒光，是背上的骷髅图案在作怪。

广田突然觉得自己好像身处云雾中，大脑里的思维和辨别能力消失了。世上难道真有这样毛骨悚然的情景？难道真有这样说不清道不明的妖虫？

书房里黑乎乎的，半开的窗户犹如正方形的窟窿。房间里没有一丝灯光，看来一个人也没有。

怪物的脑袋忽左忽右地摇晃着，闪闪发光的眼眸窥视着房间里的动静。少顷，长有尖角的脑袋猛地从半边敞开的窗户伸向房间。与此同时，几条螳螂般的长腿也跟着乱舞，身体腾地离开地面，顺着墙面爬上窗台钻进了书房。

尽管屁股还在窗外，螳螂般的长腿已经在房间里舞动。刹那间，怪物的身影不见了，完完全全钻进了兄弟俩的书房。

村濑一步一步地兑现着自己的诺言，贤二将被强行带走。不一会儿，怪物将用腿夹住贤二将他带向神秘的铁塔王国。

孪生兄弟

令人不寒而栗的怪物钻入兄弟俩的书房后，随即消失了。广田急得像热锅上的蚂蚁，右手在头顶上一个劲地挠。已经晚上十点了，书房里不可能有人，哥哥壮一和弟弟贤二也许在各自卧室已经入睡。怪物穿出书房沿走廊潜入卧室，用腿夹住贤二带到那个无人知晓的铁塔王国。

广田想到这里再也按捺不住了，拔腿便朝书房窗户那里跑去。一骨碌爬上刚才怪物爬过的窗台，纵身一跃跳到漆黑的房间里。

他将自己隐蔽在房间角落里，竖起耳朵倾听了好长时间，却什么声音也没有。那么大的怪物如果还在房间里，理应发出响声。可房间里静悄悄的，可见怪物多半已经走出书房到走廊上去了。

广田打开电灯，果然，房间里空荡荡的。怪物已经去了走廊。

"糟糕！快来人啊！有独角虫怪物，有独角虫怪物……"

广田大吼大叫，不顾一切地跑到走廊上。

走廊亮着灯，可以一目了然。长长的走廊上，什么可疑东西也没有。走廊前面的两侧，是餐厅、客厅和卧室。

广田的喊叫声，惊动了整幢别墅。主人高桥先生吃惊地朝走廊上飞奔而来，身后跟着夫人和用人。已上床睡觉的壮一和贤二听到声音，也一骨碌从床上跳起，穿着睡衣跑到走廊上。

"广田，出什么事啦？"高桥先生大声问道。

"是独角虫怪物！我亲眼看见的。独角虫怪物就在走廊上。"广田喘着粗气。

"在走廊什么地方？走廊上不是什么也没有吗？"

"那独角虫怪物不可能有时间跑到别的地方，因为我一直紧跟在它身后。咦？真奇怪！按理应该在走廊上。不会去餐厅那里了吧？"

"不可能，我们一直在那里坐着。"

"按理说独角虫怪物无路可逃了啊，真不可思议！"

"你不是在做梦吧？"

"不，绝对不是做梦。"

广田把刚才在院子里看到的情况，简明扼要地说了一遍。

"广田，爸爸的书房门出现一条门缝。那房间你看了吗？"

壮一第一个察觉到那里可疑，大声叫喊。

大家的视线全朝向那里，果然，高桥先生的书房有一条门缝。从走廊到餐厅途中的右侧只有一个房间，那是高桥先生的书房。左侧是一长溜墙壁，根本没有房门。怪物逃向那里，唯一可以躲藏的地方只有书房。

"书房窗户上有棋盘格状的木框，根本钻不出去。闯入高桥先生的书房，等于走进死胡同。"

高桥先生说完向广田使了一下眼色，吩咐他打开房间。

广田靠近房门边上犹豫了一阵子。打开房门是需要勇气的，他踌躇再三，两条腿还是不停地哆嗦。

就在这时，房门像被什么人朝里拉开似的，门缝呼地扩大了。

大家吃了一惊，争先恐后地后退。一定是怪物弯曲着长腿拉开房门，准备冲出房间朝大家扑来……

门缝越来越大，房间里一片漆黑。从房间里猛地蹿出一个人影，不是什么怪物，而是高桥先生的另一个秘书青木。

"喂，青木，没见到房间里有独角虫怪物吗？"高桥先生大声问道。

"没有，先生，书房里什么也没有。"

"那你在这黑乎乎的书房里干什么？"

"我进先生书房是打算借书看的。你不是说，秘书随时可以进书房借书或看书吗？我从书架上取出一本想看的书，熄灯后打算出来。突然听到走廊上有喧闹声，不由得在书房里犹豫了一些时间。"

青木说完，将手上的书递给高桥先生看。这是一本法律书。

"原来是这么回事。你借书看，我没什么可说的。奇怪的是，广田说他看见像人那般大的独角虫怪物。还说它从书房窗口溜到走廊上。我们和广田前后夹击，打算抓住怪物。这条走廊上的唯一出路，是我的书房。可你说书房里没有独角虫怪物，这就奇怪了！为慎重起见，我们大家一块进书房搜寻。"

高桥先生带头进入书房，按了一下墙上的开关，天花板上的灯亮了。广田和壮一跟在身后进了书房，而青木却手拿着书不知到哪里去了。

书房里什么也没有，桌子下和箱子背后都搜查过了，还是什么也没有。众人打开窗户检查木格窗，看不出有任何被损坏的痕迹。

"喂，广田，你说的怪物，大概是你脑瓜子里出现的幻觉吧？如果怪物钻进别墅，不可能连影子都见不着。你今天晚上到底怎么啦？"

高桥先生苦笑着问广田。广田用手梳理着头发，歪着脑袋一时也答不上来。他怎么也无法想象，自己亲眼看到的怪物竟然变成幻影不见了。

广田没有断念，在书房里转来转去。当走到大桌子跟前时，忽然停住脚步紧盯着桌上摊开的信纸。

"咦，这是先生写的吗？"

广田突然一声叫嚷，高桥先生急忙走到桌前看了看那张信纸。

"我没有写过信。这张信纸大概是谁刚才放在这里的。"

"肯定是那家伙留在这里的。"

信纸上的字是用铅笔写的，十分潦草，一共只有两句。

高桥先生台启：

　　我今天晚上悄悄地拜访了贵府，很高兴你们没能发现我，这说明我这次成功了。我将兑现带走贤二的诺言，请记住！

　　　　　　　　独角虫怪物首领　敬上

　　落款处画有一条独角虫，酷似少年画的漫画。

　　"壮一，这大概不是你的杰作吧？"高桥先生喊来壮一，让他看那张信纸。

　　"不是的。我和弟弟绝不会乱写乱画的。"

　　"青木到哪里去了？大概也不是青木画的吧……"高桥先生说完扫视一下周围，发现秘书青木不知去向。

　　"青木，青木。"高桥先生喊道，壮一和贤二也跟着大声喊了起来。

　　从很远的地方传来"到！"的声音。随即，传来一阵啪嗒啪嗒下楼梯的脚步声。少顷，青木一边用手揉着眼睛一边朝这里跑来。

　　他莫名其妙地瞪着大眼，在大家的脸上扫来扫去。那表情好像在说，这么晚了，你们还聚集在书房里？奇怪！

"青木，你上哪儿去了？"

"我什么地方也没去，在自己的卧室里睡觉。"

"什么？睡觉？撒谎！你刚才不是手拿着一本书走出书房的吗？"

"没有，我根本就没有到过书房。请相信我！我一直在自己的房间里睡觉。"

"呵，想不到你还是一个梦游患者。居然睡觉时梦游。"

"梦游？我根本就没有梦游过。"

怎么？他没有梦游？简直令人难以置信。倘若青木真的是在自己卧室里睡觉，那么，刚才从书房里出来的青木又是谁呢？那张脸与青木完全相似。难道还有一个与青木长相一样的人？

误入圈套

高桥先生随即打电话到警视厅，将刚才发生的事详细叙述了一遍。

于是，中村警部风尘仆仆地赶来了，身后还跟着好几名警员。中村警部与高桥先生感情甚笃，是交往多年的朋友。

警方经过缜密搜索，没有发现任何可疑线索。疑点最大的青木，在接受警方严格的审问后被证实，他当时确实在自己卧室里睡觉。

那么，从高桥先生书房里出来的那个青木究竟是什么人？中村警部满脸困惑，难道是青木的孪生兄弟？

　　根据中村警部的命令，数名警员于当天夜里开始在高桥别墅周围布防。按照警方建议，高桥先生代替贤二向学校请假，整天闭门不出。对手是高深莫测的怪物，绝不可麻痹大意。

　　案发后的第二天下午，哥哥壮一放学回家后来到爸爸房间里，说有事与爸爸商量。

　　"爸爸，我反复考虑过了，此案最好委托大侦探明智小五郎。虽说中村警部的侦查经验非常丰富，但比起明智大侦探总还有那么一点点距离。"

　　爸爸听儿子这么一说，考虑片刻后答道："好吧，就那样办！我打电话到明智侦探事务所约一下会面时间。让广田驾车去接大侦探上咱们家。比起我们，广田最清楚这一案情的经过。"

　　说完，他立即打电话到明智侦探事务所。凑巧明智大侦探在事务所，约好下午四点左右到达高桥别墅。

　　根据主人吩咐，广田驾车提前来到千代田区的明智侦探事务所。他按了一下玄关门铃，一个青年从里面将门推开。广田报了一下自己的姓名和来意。

"我知道了，请跟着我来。"

说完，青年走在前面为广田引路。

"广田，你今天讲话时要多加小心。明智先生这几天心情不太好，连我端茶去他书房都不允许。"

青年一边走，一边提醒广田。

"你们事务所里有一个叫小林芳雄的少年助手吧？他是一个小有名气的少年侦探。请问，你大概是小林吧？"广田问道。

"哦，你是说小林吗？他今天出远门了，是去侦查一起大案。先生的夫人也出远门了，是带着用人一起出去的。事务所里就我和先生两个。我是最近当上他助手的，叫近田。我也是大侦探一手培养的。"

青年喋喋不休地说了许多。两个人来到书房门口，助手敲了敲门大声说："先生，高桥先生的秘书说要见您。"

于是，房门朝里现出一条缝。明智大侦探探出脸来，头发乱蓬蓬的。

"就他一个人进来！近田，你到大门口去，我不按铃你别进来。"

果然，明智先生说话的语调显得非常生硬。

明智大侦探今天也是一身黑色西装套装。他等到广田走进书房后，咔嚓一声将房门锁上了，还上了保险栓。他走到办公桌，侧着屁股坐在椅子上，既不说"请客人坐下"，也不说客套话，而是朝秘书吹胡子瞪眼的。

广田恭恭敬敬地向明智先生鞠了一躬，小心翼翼地坐在椅子上。

"是什么案件？快说！"

明智大侦探一反常态，与平时一直微笑的形象截然相反，满脸极不耐烦的表情。

"电话里可能说得不详细。其实报上也已经刊登过，就是那个轰动全国的独角虫怪物事件。"

一提到怪物案件，按理说大侦探应该一清二楚。可他脸上丝毫没有反应，还是一脸的冷漠表情。

“嗯，继续说！”明智大侦探一个劲地催促。

于是，广田把昨晚发生的案情经过详细叙述了一遍。当广田在描述几个奇怪场面时，明智大侦探似听非听的，不仅没有吃惊的表情，脸上的冷漠一直保持到广田叙述完毕。

“保护贤二是当前最重要的，但与其相比，最好是抓住罪犯。明智先生，你能接受我们的委托吗？”

广田说到这里不再往下说，而是等待明智大侦探的答复。可明智大侦探只是一个劲地望着广田，什么话也不说。广田开始有点胆怯起来。

“请先生务必接受我们的委托。”

“你是说让我接受你们的这一委托？”

明智大侦探总算开口说话了，可眼神突然变了，说话声调也变了。广田感到奇怪，紧盯着对方的脸。这时候，明智大侦探接着往下说了，可说话的内容令人费解。

“我是在问你，广田，你觉得你在与谁说话？”

“当然是与先生喽！我是按照主人吩咐到这里

来委托先生的。"

"你说的先生，是指谁？"

"是明智小五郎先生。"

广田见对方有意在捉弄自己，便提高嗓门。

"呵呵呵……明智小五郎？我难道是明智小五郎？"

广田一听这话吓得连头皮也变得麻木了，赶紧从椅子上站起来。

"你不是明智先生？"

"我像明智先生吗？"

"你，你说什么？"

"我是在问你，我像明智先生吗？哈哈哈……我的化装变得越来越高明了！啊哈哈哈……"

一听到这笑声，广田立即醒悟了。

"那，你是独角虫怪物的同伙？"

"哈哈哈……是的。你的脑袋瓜太聪明了！"

"你准备把我怎么样？"

"我想让你暂时待在这里。你可不能有逃跑的念头，因为这里是逃不出去的。对，你就站在那里别动！我让你看明智大侦探发明的西洋镜。那是大侦探为我们发明的哟……"

话音刚落，可怕的情况发生了。广田脚下的地板呼地一下消失了。与此同时，广田的身体跟着坠落下去，顿时一阵头晕目眩，大脑里一片空白。扑通！广田感到脊梁骨像断了似的，很快昏迷过去。

"哈哈哈……感觉不错吧？掉落陷阱的滋味怎么样？你昨晚发现独角虫怪物，等于破坏了我们的行动计划。你这个罪魁祸首，我得好好惩罚你才对。如果当时你不在现场，贤二现在已经到他应该去的地方了。好了，你就在陷阱里慢慢待上几天吧……"

随着啪嗒一声，陷阱盖板被关上了。陷阱里一片漆黑，犹如地下坟墓。这果真是明智大侦探为捕捉罪犯而设置的陷阱吗？

那么，假明智抓住广田后还想干什么呢？

魔棒绳梯

广田掉入陷阱后，腰部不知被什么东西猛击了一下，失去知觉倒在地上。也不知过了多久才慢慢苏醒过来，他睁开眼睛想看看周围的环境，可眼前一片黑乎乎的什么也看不清楚。他用手朝下面摸了一下，才发觉是坚硬的混凝土地面。

他忍住腰疼一点点挣扎着爬起来，接着用手触摸周围，却什么也没摸着。原来，这是一个很大的地下室。

广田想，像这样待在地下室里，自己必死无疑。他打了个寒噤，浑身开始发抖。黑乎乎的地下室，仿佛自己的眼睛被布蒙住似的。

就在这时，地下室不知哪里传来声音，好像是动物爬行时发出的响声。声音越来越近，似乎正在朝广田爬来。广田全身的神经系统仿佛变成了一根根钢丝，无比紧张。

广田大吃一惊，背上画有骷髅图案的独角虫怪物仿佛就在眼前。可恶的独角虫怪物也许早已埋伏在地下室里，等待广田光临。

嘎——声音越来越清楚，距离广田越来越近，已经近在咫尺。

"谁？谁在那里？"

广田不由得大声喝道，握紧拳头，双腿呈弓形，摆开迎战架势。

奇怪的是，魔鬼居然说起了流利的日语。

"你是高桥先生的秘书广田吧？是我！怎么，还没有听出我的声音？"

"我是秘书广田，你是谁？"

广田仍然保持着高度警惕，担心对手突如其来的猛扑。广田已经想好了，准备抱住对方扭打，拼一个你死我活。

"嘻嘻嘻……我不是坏人！我是小林，是明智大侦探的少年助手小林芳雄。来，你把手伸过来摸我一下！"

广田伸出手摸了一下，对方身上穿的是针织校服，还有金色纽扣。他将手顺着胸脯往上摸，果然是一张少年稚嫩的脸。

"啊，你真是小林？不会是假的吧？"

广田由于上了假明智的当而成了笼中鸟，再也不敢轻易相信别人说的话。

"我不是假的，如果是假的，怎么可能被关押在地下室里。"

"什么？你也是上坏蛋的当落入陷阱的吗？"

"是的。你大概也觉得那家伙的化装术高明吧？我还真以为是明智先生呢！轻信他的话，结果落入他设置的陷阱。"

"明智侦探事务所里有这样的陷阱吗？"

"有，原来就有的。像这样的陷阱，先生专门为捕获上门要挟的坏蛋而制作的。没想到这回被敌人给利用了。"

"那，小林，真正的明智先生现在到底在哪里？真明智先生会不会也变成敌人的阶下囚？"

"先生已经出门两三天了。是为侦破一起盗窃案去大阪出差的。按说，先生今明两天会返回事务所。可这节骨眼上，我却上当陷入自家的陷阱。那家伙化装得与先生一模一样，服装也是出门时的服装。当时，我还以为先生回家了呢！"

"连你也上当受骗，足以证明这家伙的化装术十分高明。小林，这陷阱里有没有暗道可以出去？不管怎么说，我们得想法逃出这里。"

"没有暗道。一旦落入陷阱就出不去了。这里距离地面有四米高。这陷阱里连一根柱子也没有，靠我们的智慧是很难爬出洞口的。"

这时候传来一阵响声。与此同时，从上面洞口射入一道光束。抬头望去，洞口上的正方形盖板露出少许间隙。一张狡猾的人脸正朝洞底窥探。

"哈哈哈……瞧你俩的说话模样还真亲热。让你们在陷阱见面，应该感谢我才对呀！这里怎么样啊？"

说话的，是那个装扮成明智的坏蛋。

"感觉太好了！又凉快又舒服。你还给我送来广田，使我有了说话的伙伴，从此不再寂寞，是应该好好感谢你才对。"

"哈哈哈……你别再打肿脸充胖子了！不过，请放心，我不会杀了你们。只是让你们在这儿待上两三天，静心疗养，等我完成手上的工作以后再放你们出去。我想你们两个棒小伙子，短短的两三天里是不会饿死的。"

"没关系，我们是不会饿死的。相比之下，你还是小心一点为好。明智先生马上就要回来了！只要他一回来，等待你的是下大狱。"

小林不甘示弱。

"小林，你最好别口吐狂言！对不起，手上的工作等待着我去做。如果明智先生能赶来，那我是求之不得了……好了，我没有工夫跟你们聊天了。不会有人到这种漆黑的地下室打搅你们。再见！"

话音刚落。啪嗒！洞盖被关上了。随即传来

上锁的响声。顷刻间，地下室又回到刚才的漆黑一片。

"小林，那家伙现在肯定是去高桥先生家绑架贤二，也肯定抢在明智先生的前头。小林，一想到这里我就急得像热锅上的蚂蚁，无论如何不能待在这里。小林，真希望你开动脑筋，想出逃离这里的办法。"

广田心急火燎，为贤二的命运担忧起来。

"这儿虽没有暗道，但我能想出逃离的办法。"小林微笑着说。

"什么？是真的吗？怎么逃走？"

这时候，从小林手里亮出一道手电灯光。

"什么？你带着手电？"

"是的。侦探七道具里当然包括手电喽！瞧！这就是我随身携带的侦探七道具。不管什么时候，我都把它缠在腰上。"

小林从缠在腰间的灯芯绒袋里取出许多形状不同的工具，然后把它们一一排列在地面上，再用手电照亮。

这些小道具岂止七个，有十多个。此外，还有许多很小的道具。大大小小形状不一的道具占据着很大一片地面。

有比巴掌小的微型照相机，有调查指纹的工具，有黑绳梯，有锯、锉、割等多功能的刀具，有显微镜，有一大把万能钥匙，还有怎么也弄不明白的棍棒，银色，长度三十厘米。小林把那根银色棍棒拿在手上，问道："这，你知道是什么吗？是魔术道具，是我的魔术棒。只要有魔术棒和绳梯，像这样的洞口，我们可以轻而易举地爬出去。"

洞口有盖，外面有插销，以防洞盖下落。洞盖与四周的墙壁相隔很远，墙面也是光秃秃的，没有任何抓手模样的东西。纵然绳梯朝洞口扔去，也钩不住任何地方。

小林的魔法到底是什么？那根三十厘米的魔术棒究竟能发挥什么作用？

怪物司机

就在小林和广田交谈的时候，高桥先生的别墅院子门口出现了一位绅士模样的来访客人。听到门铃声，秘书青木赶紧穿过院子打开大门。

"我是明智小五郎，今天特地登门拜访高桥先生。"绅士说。

青木向主人通报，高桥先生眉开眼笑，亲自到大门口迎接明智大侦探到会客室。

"欢迎大驾光临。我是看了报纸上的报道和照片才记住你的大名和尊容的，有你亲临我家保卫，贤二就不会遭到绑架了。情况是这样的：秘书广田告诉我说，他看见院子里有独角怪物，并且从儿子的书房窗口潜入别墅。

"等到我们听到呼喊声去抓怪物的时候，神秘的怪物突然消失了。当然，怪物既然消失了，我们也没有必要一定要拿它怎么样。问题是独角怪物盯住我的次子贤二，说一定要把他带到什么铁塔王国。我家贤二还只是小学四年级学生，绝对不能让他去那种鬼地方。明智先生是天下第一大侦探，智慧高超，一定能保护我的儿子免遭绑架。"

"高桥先生，你说的这些我已经听说了。你派来接我的秘书广田应该到家了吧？能否请你到这里来一下？"

明智大侦探悠闲地靠在沙发上，一边用打火机点烟一边说。

"没有，秘书广田没有回来。明智先生，他不是和先生一起来的？"

"没有啊！秘书广田听我说立即登门拜访，说了一声再见就驾车走了。要是算时间，他应该早到家了。现在还没到家，说不定遇上什么意外了。"

高桥先生喊来青木，吩咐他去把广田找来。过了一会儿，青木回来报告说别墅里没有广田的影子。

　　"奇怪！按理说，他不可能到别处去。明智先生，请问广田是什么时候离开你们事务所的？"

　　"他比我早三十分钟离开事务所的。按理说，就是乘电车也应该到家了。这，莫非……"

　　"什么？你想说什么？"

　　"莫非遭到怪物绑架了？高桥先生，第一个发现怪物钻入贤二书房并且大喊大叫的，应该是广田吧！照这么说，他的失踪也许是独角虫怪物报仇所致？"

　　广田长得魁梧、结实，要是他遭到绑架，瘦弱的贤二就更不是怪物的对手了。高桥先生想着想着，越发为贤二的处境担心起来。

　　"先生，如果广田真遭到绑架，接下来遭绑架的恐怕会轮到我的贤二。明智先生，请保护我儿子贤二！先生光临寒舍，一定带来了好办法。"

　　"是的。这样吧，你把贤二喊到这里来跟我见见面。"

高桥先生又喊来青木，让他带贤二来会客室。

"你是贤二吗？叔叔我是来保护你的。从今天起，你就用不着提心吊胆了。来，靠近我！"

明智大侦探微笑着一边说一边朝贤二招手，随后把手搭在贤二的肩膀上。突然，大侦探的脸色变得冷酷严峻起来。

"贤二，你把背转过去对着我！瞧，你的背上好像有什么东西在爬。"

贤二胆怯地转过脸去，背朝着明智大侦探。果然，背上有一条黑色的昆虫。

"啊，背上有骷髅图案！"秘书青木歇斯底里地叫嚷。

明智大侦探用手拂去，独角虫掉到地上，四脚朝天，螳螂腿在空中不停地舞动。突然，它一个转身起来迅速朝房间角落爬去。

贤二看到这一情景，脸色骤变。爸爸高桥先生也面如土色，惊呆了。

"这是预兆，一定是怪物出现前的征兆。明智先生，别再磨磨蹭蹭了，得赶紧想办法……"

高桥先生一边望着独角虫远去，一边战战兢兢地说。独角虫一消失，独角虫怪物就有可能翻越窗口爬入会客室。

"广田到现在还没有回家，而独角虫又出现了。看来，对手是不会罢休的。"

明智大侦探说完，沉思片刻。

"高桥先生，东京城里大概有你的亲戚吧？依我看，暂时将贤二交由亲戚看管。你赶紧带上贤二去亲戚家，一路上不要让任何人看见贤二的脸。高桥先生，我也跟着一起去，让司机按照你的吩咐驾驶。"

高桥先生既担心贤二在家不安全，也害怕带他到亲戚家。但经不住再三劝说，他最终还是决定采纳明智大侦探的建议。高桥先生与夫人商量后，决定把贤二送到亲戚家。

他留青木在家看门，自己带着贤二与明智大侦探一道，悄悄坐上停在大门口的轿车。他对司机说出目的地，于是，轿车启动后出发了。

高桥先生从后窗向外眺望了一会儿，没有发现"尾巴"，也没有发现其他车辆，总算放下心来。他长叹了一口气，轻松地抚摸一下自己的胸口。

　　高桥先生的烟瘾来了，遂将手伸向两边的袖子里摸了一会儿。可不知怎么的，出门时放在袖子里的烟盒不见了。坐在贤二右边座位上的明智大侦探，似乎察觉到高桥先生在寻找的东西，便主动说："高桥先生，你是想抽烟吗？如果把烟忘在家里了，我这里有。"

　　说完，从口袋里掏出一包欧洲进口烟。

　　高桥先生说了一声谢谢，接过烟点燃后一个劲地抽了起来。

　　"怎么样？欧洲进口烟的味道。"

　　"嗯，不错。我已经很长时间没有抽欧洲烟了。"

　　轿车里飘浮着蓝色的烟雾，烟卷燃烧的部分开始发白……越来越白。

　　车行驶了大约五分钟的时候，从高桥先生的嘴上掉下一支还剩半截的烟卷，掉落在地上。坐在中间的贤二吓了一跳，抬头看了一眼爸爸。只见爸爸头倚在靠背上，打着轻轻的鼾声已经进入了梦乡。

"爸爸，爸爸。"

贤二不知喊了多少遍，可爸爸仍两眼紧闭好像睡得很沉。咦？奇怪！通常像这样的场合，爸爸是从不打瞌睡的。

"贤二，不管你怎么喊，你爸爸马上是醒不来的。"

明智大侦探吼叫着说，嗓音很粗。温文尔雅的明智先生满脸凶相，一改刚才和蔼可亲的模样。

"为什么，为什么马上醒不来？"贤二急切地问道。

"你爸爸抽的是沾有麻醉剂的烟卷，中枢神经变麻木了，当然不会马上醒。哈哈哈……"

"你是谁？叔叔，你到底是谁？"贤二拼命地叫喊着问道。

"你不知道吗？贤二。你别望着我，转过脸看一下前面的司机就知道了。"

贤二不由得转过脸望着驾驶席。

"啊……"贤二喊罢，双手猛地紧紧抱住突然熟睡的爸爸，把脸埋在爸爸的膝盖之间。

驾驶席上充满恐怖。刚才还是人脸模样的司机，也不知是什么时候变成一副怪异模样。头上有角，又长又尖。黑油油的背上有骷髅图案，闪烁着银光。那对黑乎乎的眼睛，正恶狠狠地盯着贤二的脸。没想到轿车司机居然是可怕的妖虫。

那家伙摇晃着长矛般的尖角，猛地朝贤二刺来。两只乒乓球般的眼里，射出贪婪的目光。

魔棒威力

　　且说落入陷阱的小林和广田，此刻正在合计如何逃出地下室。

　　广田拿着小林的手电，照着排列在地面上的侦探七道具。

　　小林从七道具中间挑出那根长三十厘米的银色棍棒，向广田解释说："这是一根魔术棒！别看它现在仅有三十厘米，但我瞬间可以使它变成三米的长度。"

　　"什么？真能变成那么长吗？"

　　广田惊呆了，小林怎么也变成了魔术师？

"瞧，魔棒在延伸，它与魔术师手中的魔棒相同。"

只见银色棍棒在空中呼地晃了一下，是原来长度的一倍。再晃一下，又是原来长度的两倍。接着，三倍、四倍……原来，它与照相机三脚架的原理相同，魔术棍棒是空心的。空心棍棒里套稍细一点的空心棍棒。稍细一点的空心棍棒里，再套更细一点的空心棍棒。棍棒套棍棒，一共有十根空心棍棒重叠套在一起。

只要不停地向外晃或者拉，魔术棒就可拉长十倍。每一根魔术棒长三十厘米，总长度便是三米。

"怎么样？明白了吗？有了这根魔术棒，我们就可轻松逃出地下室。"

小林站起身来，将魔术棒伸向洞盖。

"用手电照亮洞盖！"

广田按照小林的吩咐，将手电照亮洞盖。手电光束里，出现了固定洞盖的金属件。

小林伸长手臂，用三米长的魔术棒从侧面敲打金属固定件。终于，金属固定件被卸了下了。接着传来咔嚓的响声，洞盖向下垂落。不用说，洞盖另一侧与洞口连接的是金属铰链。与此同时，正方形洞口出现了。

小林敏捷地解开七道具中的细绳梯，将绳梯顶部的金属挂钩朝洞口外侧扔去。于是，铁钩牢牢挂住了洞口。这种挂钩只要挂上，就像收紧的弹簧越挂越紧，不必担心脱落。

卷成一团的绳梯拉开后，便形成梯子形状。每隔四十厘米有一根横绳，作踏脚用。

"诱骗我们坠入陷阱的那个坏蛋，肯定已经外出。上面的事务所办公室里估计不会有人，我爬在前面，你爬在我后面。"

小林习惯爬这样的绳梯，犹如猴子一样爬出洞口。广田也跟着爬出了洞口。

"那家伙去哪里了？"

"那还用说！肯定是化装成明智先生去高桥先生那里了！等到骗取高桥先生的信任后绑架贤二。走，我们快去高桥别墅！去迟了，贤二有可能被坏蛋拐走。"

小林一边说一边朝大门口跑去。

黑色少年

且说独角虫怪物的轿车里，贤二焦急万分，两手紧紧抱住吸入麻醉剂而处在昏睡中的爸爸。突然，坐在一旁的假明智伸出手拍打贤二的肩膀说道："你怕什么呀？快把头抬起来！驾驶席那里不是什么也没有了吗？"他笑着说。

贤二半信半疑地抬起脸朝驾驶席望去，坐在驾驶席上的还是一开始驾车的那个司机。刚才看到的那个怪物司机，已经不知去向。

贤二怀疑刚才看到的也许是幻觉？不，不是幻觉。出现在驾驶席的家伙，确实是独角虫怪物。脑袋上有尖角，背上的骷髅图案也清晰可辨。

　　不知是使用了什么魔法，也不知昆虫国里究竟是否具备某种神秘的魔力，独角虫怪物居然可以随心所欲，时而变大，时而变小，时而消失，时而出现，让人捉摸不透。

　　轿车不停地向前行驶。当驶入左侧树林中间那条小路时，假明智突然大声嚷道："停！就停在这里……"

　　按照假明智的命令，司机急忙刹车，车稳稳地停在小路上。

　　"帮我一个忙！把他爸爸抬到这座神社里，让他好好睡上一觉。明早天一亮，他自然会醒来的。"

　　假明智一边说，一边和司机把正在熟睡的高桥先生抬向树林。

　　副驾驶席上还坐着一名歹徒，贤二就是想逃也白搭。那家伙龇牙咧嘴，虎视眈眈地注视着贤二。

　　这里是什么地方？也许还在东京的某个郊外？树林里好像有神社。像这样有神社的大片树林，在东京多得不计其数。

还在熟睡的高桥先生，可能被歹徒扔在神社门口的屋檐下。尽管没有一丝风，也不怎么寒冷，但贤二还是放心不下，担心爸爸着凉生病。

就在这时候，轿车的后备箱里发出了动静。

天色黑沉沉的，周围什么也看不清楚。就在这时，后备箱盖在徐徐升起。当箱盖出现十厘米间隙的时候，从后备箱里钻出一个全身黑色打扮的少年。

黑色少年下到地面后先躲在轿车后轮胎边上，悄悄地不知在干些什么。突然，传来轻微的漏气声。转眼间，后轮胎慢慢地瘪了。

接着，黑色少年又悄悄来到另一只后轮胎旁边，重复刚才的放气动作。紧接着，他先后爬到左右两只前轮胎旁边……这时候的轿车，四只轮胎都变得软绵绵的。

原来，黑色少年用锋利的尖刀刺破轮胎放气。不用说，每一次放气时，车体都突然下降。可车里有人质贤二，歹徒不敢轻易下车。当四只轮胎都干瘪的时候，整个车体都下降了。歹徒连声喊"奇怪！奇怪！"猛地推开车门跳下车来查看。

趁歹徒在右侧检查轮胎的时候，黑色少年靠近后排座位的左侧窗户，轻轻敲了几下玻璃。

坐在车里的贤二紧张起来，转过脸朝窗户望去。一张少年的脸紧贴着窗玻璃，正笑容可掬地望着自己，还不停地点头示意。好像在说，别紧张，别担心，我是来救你的。

少年不是别人，正是那个逃出陷阱的小林。他离开明智侦探事务所后立即赶往高桥别墅。他在高桥别墅附近发现了歹徒的轿车，赶紧猫腰钻入后备箱，一路跟踪到这里。

趁歹徒们将高桥先生抬到树林里的神社时，他迅速将四只轮胎一一戳破，使贼车不能动弹。小林的这一招术真绝，不愧是明智大侦探的少年助手。

小林点头示意贤二别着急后，拔腿不知去了哪里。

这时候，假明智与司机钻出树林回来了。

"喂，你围着车转来转去地看什么呀？"

他俩见副驾驶席上的同伙围着车转，开口问道。

"天色太黑了，无法观察周围的动静。瞧，四只轮胎里的气好像都漏光了。"

"你说什么？四只轮胎都没有气了？这，这怎么可能？快仔细检查！你不会在说梦话吧？"

假明智听罢，吼叫着从口袋里取出手电，蹲在地上仔细检查。突然，他歇斯底里地嚷叫："瞧，轮胎上漏气的地方是刀戳破的。这附近好像有人？肯定是那个家伙干的。喂，你怎么一点也没有察觉？简直是大饭桶！"

歹徒被大骂一通后，歪着脑袋慢吞吞地说："刚才在附近转来转去的，好像是一个个头不高的家伙。由于四周漆黑一团，我没有看清楚那家伙的长相。"

"什么？是个头不高的家伙？莫非……"

假明智立即想到被关押在地下室里的小林。怎么，这小兔崽子用什么办法逃出地下室的？

"没有其他办法了，只有硬着头皮驾驶。反正轮胎都破了，也没有必要心疼。现在是争取时间要紧，否则天一亮可就麻烦了。"

假明智坐到后排座位上命令司机开车。

"开是可以，但车速提不快，再说也开不了多远。"

"没关系！快开吧！"

车艰难地启动，钢圈与地面摩擦不时发出嘎吱嘎吱的响声。还没有驶出一百米的路程，假明智忽然大声嚷嚷："停车，停车！瞧，前面转角有人影！快辨别一下是什么人！"

前面转角有路灯，但灯光十分微弱。那里有好几个人正朝这里走来，走在前面的好像是一个少年。

看清楚了！少年身后的是警员，一个，两个，三个……不！还有许多警员正从不远处陆续走来。

"别开了，快下车！把这个少年扔在车上，我们赶快先进入树林。前面有一条小路，是通往H镇的。快跑！不要让那些警员发现我们的行动路线。"

假明智先跳下车，司机和另一名歹徒跟着也跳下车，一阵风似的奔跑起来。

片刻后，警队在小林的带领下包围了贼车。可贼车里的三名歹徒已经逃之夭夭。

　　"贤二，你没受伤吧？"小林一边窥视轿车里的情况，一边问道。

　　贤二虽说从未见过小林，但猜得出他不是什么坏人，推开车门用手指了一下树林说："逃走了！那三个家伙朝树林里跑啦！"

　　警员们听贤二这么一说，赶紧展开搜索，朝树林里追去，却连歹徒的影子也没见着。当最后搜到神社的时候，他们发现高桥先生正躺在神社前面的屋檐下。于是，高桥先生也得救了。

　　多亏小林的聪明才智，贤二父子俩平安无事地回到家里。

　　高桥先生苏醒后激动不已，向小林连声道谢。

开膛破肚

怪物们盘踞在铁塔王国里，没有因为失败而
偃旗息鼓。令他们遗憾的是，他们不仅没有完成
绑架贤二的任务，还险些将自己赔了进去。他们
吃一堑长一智，再次作案的行动将更加隐秘，手
段将更加狡猾。

打那以后的一个星期里什么也没有发生，一切
又恢复了往日的宁静。可太平时光不长，怪物们策
划了一起骇人听闻的事件。

东京车站旁边，有一座圆柱形大厦。

早晨六时刚过，大厦里的商店还没有开始营

业。大堂和走廊里没有一个人影。一楼走廊两侧的商店都是铁将军把门，一切静悄悄的。

这时候，一楼宽敞的走廊上出现了一个勤杂工模样的老人。他手拿扫帚和簸箕，朝通向二楼的楼梯走去。他无意间抬头望了一眼楼梯，顿时像身体触电一样停下脚步，如木偶般呆呆站在那里。两只眼睛瞪得像豹子眼，嘴巴呈O字形，脸色苍白，肌肉僵硬，犹如一张蜡制的脸。

原来，楼梯上出现一个老人从未见过的怪物。全身黑油油的，模样酷似独角虫，个头与大人一般高。脑袋上有一对宛如车灯的大眼睛，目光异样。独角虫怪物摇晃着锋利的长角，沿着楼梯下来了。

独角虫怪物外表威猛，但动作并不利索，全身左右摇晃，像酩酊大醉的酒鬼。

它刚走了两三步，突然刺溜一下沿着楼梯滑到楼梯底。独角虫怪物显得笨拙，似乎没有力量控制自己沉重的身躯。它滚到楼梯底后并没有止步，一直滑到老人脚边才总算停住。

"啊！"

老人一屁股坐在地上，半晌说不出话来。

大厦里虽空空荡荡的，但还是有一些习惯提前上班的人。他们听到喊声急忙朝这里跑来，一共有五六个人。一位是某公司的勤杂女工，另外几位像公司职员。

一看见躺在走廊上拼命挣扎的独角虫怪物，各个吓得直往后躲。有的脸色铁青，有的直打哆嗦，不知如何是好。

独角虫怪物从楼梯上滚落下来的时候，凑巧背朝地肚子朝天。通常，就是真正的独角虫，一旦四脚朝天也很难翻转过来。何况是体形如此庞大笨重的怪物，不经过一番努力是翻转不过来的。

独角虫怪物丑陋的腹部裸露在外，几条螳螂般的长腿乱挥乱舞。那模样似乎痛苦不堪。可痛苦的模样更让人感觉莫名的恐怖。凹凸不平的腹部与光溜溜的背部形成鲜明的对照，简直难以用语言形容，让人感到恶心。

就在这时候，出乎意料的现象发生了。独角虫怪物的腹部忽然呈纵向裂开，裂口越开越大。瞬间，从裂口爬出一个动物。

可那不是真正的动物，而是长着一张苹果般脸蛋的少年。独角虫怪物吞吃少年，没想到少年却在妖虫肚子里开膛破肚后返回人间。众人面对这样的奇迹，一时不知说什么好。

久仰大名

"奇怪！独角虫怪物肚子里的少年竟然还是活的！"

因独角虫怪物而惊魂未定的人们，看见少年后才稍稍松了一口气。

少年爬出独角虫怪物肚子，还没有站稳就扑通一声倒在地上。人们赶紧涌上前去，有的扶起少年，有的蹲在独角虫怪物旁边弯腰检查裂开的腹部。

不是什么独角虫怪物，更不是什么昆虫，而是用薄金属皮仿制的躯壳。躯壳里空荡荡的，什么也没有。人套上躯壳后，其外表变成貌似独角虫的怪物。刚才套着躯壳行走的独角虫怪物，是这个倒在地上的少年。

"喂，你真让我们吃惊不小。你为什么要恶作剧？这样的妖怪外套，你是从哪里弄到手的？快说！"

一名公司职员模样的人，一把扶起少年后责问。

少年刚才从楼梯上滚落下来的时候，不知身体哪个部位被撞了一下，疼得他额头上渗出豆大的汗珠，连五官也挤成了一团。

"我没有恶作剧，我是被歹徒强行塞入这个仿制的独角虫躯壳里的。"

"你说的歹徒在哪里？"

"他们在铁塔王国。"

众人听少年这么一说傻了眼，你看看我，我看看你，似乎更摸不着头脑了。铁塔王国里盘踞着一个独角虫怪物的团伙，这消息早就不是什么新闻了。

"前不久的一天晚上，据报纸说，独角虫怪物行走在银座大街上。原来独角虫怪物是这么回事！歹徒套上模仿独角虫制作的庞大躯壳，制造独角虫怪物的假象吓唬市民。小弟弟，是这样的吧？"

"也许是，也许不是，我也一时回答不上来。歹徒们把我塞入仿制的独角虫躯壳里，并把我带到这幢大厦里让市民围观。可见，歹徒是别有用心的，其目的是制造烟幕，让市民误以为独角虫怪物是仿制品而放松警惕。"

"可是，你为什么会被塞入这个躯壳里呢？"

"嗯……报上不是已经刊登了吗？独角虫怪物绑架了高桥贤二，打算带他到铁塔王国。由于我的介入从他们手里救出了高桥贤二，使他们的阴谋没有得逞。于是，他们怀恨在心，视我为眼中钉。这不，我成了歹徒们报复的对象，被强行塞入这个躯壳里。

"昨晚我在街上独自行走的时候，不知是谁从背后把我一把抱住，将沾有麻醉剂的毛巾捂在我的嘴巴和鼻子上。趁我不省人事的时候，把我塞入独角虫怪物的躯壳里抬到这幢大厦里。

"今天早晨我醒来的时候，察觉自己被关押在躯壳里，而且沿着楼梯滚到二楼走廊。由于独角虫怪物躯壳的眼睛部位是玻璃，可以看见外面的情况。这时，我才发现自己被抬到了大厦里。

"我大喊大叫，可没有一个人搭理我。我心想如果再往下滚到一楼，兴许会遇上个什么人。于是，我爬到一楼楼梯使劲滚下来。由于全身套着这样的外壳，滚动时很不方便。没想到一不留神，脚底滑了，就滚了下来。"

"噢，那也算不上什么大报复。你如果不从二楼往下滚，两小时后，二楼公司的职员们来上班时一定能发现你，也肯定会救你。你不就是穿了一通宵的独角虫怪物躯壳吗？"

年龄最大的公司职员半信半疑，讽刺少年。

少年一脸的后悔，沮丧地对大家说："我是他们的主要报复对象，他们想借此损害我的名誉。"

"名誉？你的名誉那么有价值吗？"

"是的，因为我是少年侦探。他们袭击我，让我在市民面前难堪，说句心里话，我现在是无地自容。说得再明白一点，我没脸见先生。"

少年痛哭流涕，十分后悔。

"先生？你的先生是谁？"

"我的先生是明智大侦探。他凑巧出远门侦破一起大案，事务所里就我一人值班。"

"这么说，你就是那个小有名气的少年助手，叫……"

"我叫小林芳雄……各位叔叔阿姨，我向你们发誓一定将这些歹徒缉拿归案，彻底消灭他们。请大家等候我们的佳音，承诺一定兑现。他们戏弄我，我们少年侦探团也不会放过他们。"

一听说少年是小林芳雄，大家感到惊奇，仔细打量起这张可爱的脸。大家原先生硬的态度开始转变，显得热情起来。没想到少年居然是明智大侦探的得力助手，过去一直在报上见过他的事迹。今天能亲眼见到他本人，实在难得。

"噢，是这么回事呀！你就是闻名日本的少年侦探小林芳雄，快，快到我们办公室休息一会儿，最好先打个电话跟警方联系一下。"

　　那个上年纪的公司职员说完，牵着小林的手走进了公司会客室。

可疑老人

　　怪物团伙的恶作剧并没有就此结束，而是变本加厉，肆无忌惮。当天傍晚，高桥贤二的家里又发生一起恐怖事件。一周前被小林救出的贤二，又遭到歹徒们的袭击。

　　那天中午刚过，贤二在哥哥壮一的保护下外出散步。走到街角的时候，看见路边有一辆卡车。卡车旁边站着一个白胡子老人，似乎早就在等他们。

　　小林上回遇到的白胡子老人，也是他。小林上回见过的卡车，也是这一辆。当时，小林就是站在卡车那里看西洋镜的。每一次恐怖事件发生之前，不是出现卡车和白胡子老人，就是出现独角虫。

长着胡子、身穿棋盘图案西装的老人，一看见兄弟俩出现便朝他们微笑，迫不及待地挥手向他们示意。

"来，少年朋友，快到我这里来。你们只要把眼睛凑到窥视孔上，就可以看见非常壮观且令人惊叹不已的景色。"

两个少年第一次看见白胡子老爷爷，毫无戒心地走到车尾，把眼睛凑到各自的窥视孔上观看。

于是，西洋镜里出现了一个用石块垒起的大房间，阴气沉沉的，似乎已经很长时间没有人居住了。房间风格酷似古代欧洲城堡，非常逼真。

由于窥视孔上嵌有镜片，模型可以放大几百倍。

"你们觉得那是什么地方？不知道吧？好，我告诉你们吧！那房间地点在铁塔王国境内，铁塔王国就在我们日本的深山老林里。你们再接下去看，还可以看到更精彩的场面。"老爷爷和蔼可亲地说。

这时候，从石块房间一侧出入口那儿爬出一条黑色的昆虫。不是一条，而是一大串，一共有十来条。它们的脑袋上都长着独角，原来是黑色独角虫。每一条虫背上都有白色的图案，仔细一看，那图案竟是令人不寒而栗的骷髅。壮一和贤二打算离开窥视孔，可不知怎么搞的，脖子和眼睛变得无法转动。

原来，他俩的脖子被白胡子老爷爷的双手按得无法动弹。

"请别忙着离开，再坚持看一会儿。没什么可怕的，独角虫又不会从箱子里爬出来。接下来，更精彩的画面马上就要出现，请接着看下去。"

老爷爷用力摁着他俩的脖子，语气却十分温和，但声音低沉、嘶哑。

镜片的特殊功能使独角虫变得与大人个头一般。由于西洋镜里出现了十多条，仿佛十多个庞然大物就在眼前，令兄弟俩魂飞魄散。

两个少年虽然恐惧，但好奇心促使着他们继续往下看。

片刻，有一条独角虫不小心摔倒在地，背朝地肚子朝天。它开始扭动身躯，晃动螳螂般的腿，企图将身体翻转过来。虽然兄弟俩不知道那是怎么回事，可这一幕读者们知道。小林曾经被塞入独角虫躯壳，当时在大厦里也是这样翻转的。

片刻，映照在镜片里的独角虫腹部裂开了。接着，从躯壳里爬出一个少年。兄弟俩瞪大眼睛注视着。这时候，其他十多条独角虫也相继翻转，肚子中间先后裂开。每个躯壳里，都爬出一个可爱少年。少年们站起身来排成一列纵队，在石屋里转起圈来。

"怎么样？有趣吧？这是铁塔王国的独角虫怪物少年卫队。贤二，你马上也将加入这支少年卫队，也将穿上独角虫怪物的甲衣接受训练。哈哈哈……"

老爷爷抖动着垂在胸前的白胡子，张开嘴巴哈哈大笑。接着，摁着兄弟俩脖子的手松开了。

由于脖子可以转动了，兄弟俩不由得转过脸望了一眼老爷爷的脸。满是皱纹的老爷爷的嘴里，鲜红的舌头不停地晃动，笑声连续不断。那张脸与童话故事里的魔脸非常相似。

两个少年顿感脊背上冷飕飕的，猛地转过身来，拔腿朝家里奔跑起来。

　　白胡子老爷爷见状，哈哈大笑起来。这一连串笑声，像在追赶着他们。两个少年紧张得腿脚发软，险些倒在地上。他俩连滚带爬，费了九牛二虎之力，终于跑回了家里。

　　俩少年上气不接下气，叙述完路上的所见所闻，猛然觉得浑身乏力，倒在床上睡着了。爸爸和秘书赶紧冲出大门跑到街角，但形迹可疑的白胡子老人和卡车已经不知去向。爸爸将信将疑，贤二兄弟俩看到的情景究竟是真的还是幻觉？

一张便条

　　那天傍晚，贤二去二楼的壁橱里取昆虫标本箱。当他经过二楼大房间门口走廊的时候，无意识地从玻璃格子窗朝里张望了一下，竟发现房间里与平日不同。

　　这是一个铺有十五张草席的榻榻米房间，由于不常使用，窗户呈关闭状态。这时候，太阳已经下山，房间里光线暗淡，按理说辨别不出有什么异样的东西。可今天房间里的情况似乎一目了然，十分清晰。正面墙上高出地面的壁龛那里，好像躺着一个黑色的庞然大物。

秘书青木的性格比较活跃，经常做出一些常人难以想象的举动。有时候，他独自来到这个空无一人的大房间里睡午觉。贤二心想，也许又是青木躺在那里睡觉？于是，他打算悄悄推门进去，大叫一声吓唬吓唬他。

贤二踮起脚尖推开房门，朝壁龛那里靠近。随着与壁龛之间的距离越来越近，庞然大物的模样越来越清楚了。咦？到底是什么呀？贤二赶紧停住脚步，心脏仿佛突然停止了跳动，浑身吓出一身冷汗。

那不是青木，是一个巨大的独角虫怪物。两只车灯般的大眼紧盯着贤二，摆出一副随时朝贤二猛扑的架势。

贤二笔直地站在那里，与独角虫怪物僵持着。他深知猛兽的习性，自己一旦转过身去，独角虫怪物很有可能扑上来咬住自己。眼下，三十六计，逃是下策。

对峙很长时间后，独角虫怪物并没有动弹，似乎在等待贤二转身逃走的机会。

要逃走，必须是迅雷不及掩耳的速度。贤二鼓起勇气，连背后也不看一眼就嗖地转过身逃出房间。沿着走廊连滚带爬地跑下楼梯，接着站在一楼走廊上号啕大哭起来。

"怎么啦？怎么啦？"

家人呼地一下把贤二团团围住，连声询问。当听说黑色独角虫怪物又在家里出现，都觉得不可思议。大家都不以为然，觉得多半是贤二的幻觉。爸爸也没把它当成一回事。可贤二一个劲地说那里多么可怕，爸爸又开始担心起贤二是否患了恐惧症。为慎重起见，爸爸决定带上两个秘书去那里看个究竟。

三个人一走进房间，发现壁龛那里果然有一个形状奇怪的东西。

"快，去把灯打开！"

广田按下开关，灯光唰地照亮整个房间。与此同时，三个人不约而同地大叫一声，争先恐后地窜出房间。巨大的独角虫怪物，果然蜷缩在那里。

他们从门口朝里窥视，独角虫怪物宛如壁龛里的摆件，一点也不动弹。他们又耐着性子等了半响，独角虫怪物根本没有扑向门口的迹象。

"奇怪！难道它死了？！"

秘书广田取出走廊窗边的长木棍，双手紧紧攥住，勇敢地朝房间里走去，打算与怪物一决高下。

他小心翼翼地走近独角虫怪物，用棍棒朝它劈去，重重地打在怪物身上。

奇怪！独角虫怪物只是全身稍稍晃了一下，没有什么特别反应。广田觉得这一棍子下去好像是打在撑开的油布伞上。他再次鼓起勇气手持棍棒走到壁龛跟前，把手搭在独角虫怪物背上摇晃了一下。

刹那间，他猛地站起身来大声嚷道："先生，这不是独角虫怪物，只是一个空壳而已，里面什么东西也没有。"

听广田这么一说，高桥先生与秘书青木急忙朝壁龛那里走去。

"你说是空壳？"

"是的，宛如蝉壳。这不是真正的独角虫怪物，躯壳是用尼龙合成纤维材料制成的。"

经过仔细查看，骨架是粗铁丝组合而成，表

面是黑色的尼龙布，形状酷似独角虫。只要一手抓住头部，一手抓住屁股朝中间挤压，庞然大物就可以缩小，还可以折叠起来。它与那天套在小林身上的躯壳，材料不同，制作方法也不同。像这样的独角虫躯壳，怪物团伙那里一定准备了许许多多。

"哎，为什么要把模仿独角虫怪物的躯壳放在壁龛地板上？难道只是为了吓唬而已？"

秘书青木不解地问道。高桥先生思索片刻，脸上出现了担忧的表情。

"不，不只是恐吓。歹徒潜入房间后脱下躯壳，接着很有可能隐藏在别墅的某个地方。不用说，其目的是吓唬贤二。喂，青木，你去给警视厅打电话，请中村警部立刻到这里来。"

就在这时候，广田大声嚷了起来："啊，这里有一张纸，放在怪物躯壳下面了。"

这是一张便条，字是用铅笔写的，字里行间充满了火药味。

高桥先生：

　　你好！

　　今天夜里，我一定从你家带走贤二，让他去铁塔王国接受强化训练，让他加入铁塔王国独角虫怪物少年卫队。这一回，我决不会像上次那样竹篮打水一场空。你最好赶快报警，请警方派重兵保卫。不过，这些都是徒劳的，不会有任何作用。我还答应你，一定让你观看我们的"盗人"魔法。

　　　　独角虫怪物首领　敬上

落款下面画了一条独角虫。

三人赶紧下到一楼。高桥先生命令广田担任贤二的保镖，命令青木立即给警视厅的中村警部挂电话。

听说是中村警部本人接电话，高桥先生从青木手里一把夺过听筒说了起来。从在二楼大房间里发现独角虫躯壳说起，一直说到便条上的内容。并希望中村警部火速赶到现场。

高桥先生说独角虫怪物已经潜入别墅，可事实究竟如何呢？如果这家伙隐蔽在别墅里，警员们只要搜查别墅就可将他们捕获。

那么，歹徒究竟采用什么办法绑架贤二呢？把独角虫怪物躯壳放在壁龛那里，其真正用意到底是什么？

中村警部带领的警队将赶到现场，与歹徒展开智慧较量。那么，歹徒将上演什么样的盗人魔法呢？

正木警部

　　中村警部听完高桥先生的叙述吃惊不小，立即吩咐四名警员先赶赴现场。接着补充说，他将手中的公务处理完毕后也随即赶到。

　　暮色降临，周围开始暗下来。这时候，大门口传来汽车引擎声。两位制服警员和两位便衣警员走进别墅玄关。

　　其中一位便衣警员递上名片，上面印有警部正木信三字样。

　　四位警员听完高桥先生的案情介绍，先搜索二楼大房间，再搜索别墅内外和院子里的每一个角落，没有发现任何可疑迹象。

"后院里发现可疑脚印，但不是人的脚印，好像是独角虫怪物走过的脚印。还有独角虫怪物把木梯架在二楼屋檐上的痕迹。院子的泥土地上有两个梯脚大小的坑，那家伙可能从那儿爬上二楼的？另外，木梯好像又是歹徒扛着放回原处的。

"由此可见，把独角虫怪物的躯壳运到二楼大房间，不是一个歹徒所为，至少是两个人以上。因为在搜查中，警方找到了两个以上的歹徒脚印。然而，搜查结果连歹徒的影子也没有见着。看来，他们得知我们来了便溜之大吉了。"

正木警部和三个部下一起返回会客室，向高桥先生报告搜查结果。

"我希望你通知家人全部在这里集中，我们警方将向他们询问当时发生的情况。"

五分钟过后，家人聚集在会客室里等待警员的询问。会客室里，有高桥先生、哥哥壮一、秘书青木和广田，还有几个用人。

"高桥先生，全到齐了吗？"

正木警部扫视了大家一眼，问道。

"还有三个人没有来。贤二因为受到独角虫躯壳的惊吓正发着高烧，此刻正在自己的卧室里躺着。还有孩子他妈和一个用人，她俩在贤二卧室里看护。"

"哦，原来如此。那好，我派两位警员去那里向他们询问情况。"

正木警部说完对其他警员使了一下眼色，一位便衣警员和一位制服警员立刻离开会客室，朝贤二卧室方向走去。

目睹他们离开会客室后，正木警部从口袋里取出笔记本，向聚集在会客室里的高桥先生等人提了许多问题。可他们的回答没有新内容，都是已经知道的。

这时候，刚才离开会客室的两名警员回来了，抬着一具独角虫怪物的躯壳。

"警部，这是物证，最好把它带回警视厅去……"

"对，就这样办，你俩把它抬到警车里去！喂，你俩询问贤二了吗？"

"询问了，没有提供什么新情况。据他说，当时上二楼时无意识地张望那个大房间，没想到这家伙躺在壁龛那里，吓得他连滚带爬地跑下楼梯。在察觉怪物之前，他说没有发现什么可疑征兆。"

听完部下汇报，正木警部朝高桥先生说道："现场搜查暂告结束，别墅里没有发现什么可疑的人。高桥先生，你现在不用担心了！不过，歹徒似乎擅长魔法，神出鬼没，还是不能马虎。接下来，我们准备去围墙外面和附近排查，留两名警员把守正门和边门。至于贤二，你们必须昼夜保持至少两个人陪伴。无论什么时候，都不能让他一个人待在房间里。好，告辞了。"

正木警员带着部下离开会客室，高桥先生跟在身后送他们到玄关。曾经出现在大房间里的独角虫怪物的躯壳，没有被折叠，而是由两名警员抬着它走出玄关，穿过院子，装到停在大门口的警车上。

接着，两位警员向司机使了一下眼色。于是，司机驾着载有独角虫怪物躯壳的警车走了。

高桥先生送警员到玄关后，担心起发高烧躺在床上的贤二，便匆匆朝贤二的卧室走去，打算安抚受惊吓的贤二。他拉开门刚要朝里走，突然啊地惊叫起来。

只见照顾贤二的用人倒在地上，额头上不停地往外渗血。贤二的妈妈也倒在地上，手脚被五花大绑得根本无法动弹，嘴里被塞了一条大手巾。床上的被子和垫子乱作一团，被窝里没有贤二。

"喂，快来人啊！不好啦……"

高桥先生站在走廊上大喊大叫，传来秘书们奔跑的脚步声。

"刚才出门的那些警员，按理说还在前门和边门的附近。你们快去喊他们回来，就说贤二遭绑架不见了。"

秘书们离开贤二卧室后，高桥先生赶紧打电话到警视厅。可一连拨打了好几次都没有反应，好像电话出了故障。

高桥先生放下电话朝玄关跑去，不巧与从外面回来的秘书们撞了个满怀。

"找到警员了吗？"

"我前后门都找遍了，就连院子围墙外也转了好几圈，却连警员的影子也没见着。我向附近的人打听，都摇摇头说没有看见。先生，警员大概都回警视厅了吧？"

"糟糕！那怎么办呢？家里电话好像发生故障了，你快到邻居那里打电话给警视厅的中村警部，快去！"

秘书广田穿出玄关，冲出院子大门，朝邻居别墅跑去。高桥先生忽然想起了什么，自言自语道："还是我去打电话吧！"拔腿追了上去。邻居家电话没有发生故障，即刻与警视厅接通了。高桥先生从秘书广田手里夺过听筒，急切地问道："是侦查一科吗？中村警部呢？我有急事向他汇报。我是高桥太一郎……啊，你就是中村警部？太好了！我是高桥，刚才我家里发生绑架事件。你派来的那些警员刚离开我家，贤二便不见了。当时，贤二因受惊吓发高烧躺在床上养病。可我现在去看望他。没想到床上空空的，贤二已经不知去向。"

中村警部开始说话了，可他的回答让高桥先生摸不着头脑。

"喂，你是高桥先生吗？你刚才说的那些话，我怎么越听越糊涂。你说什么我派人去你那里，这到底怎么回事？我根本就没有派人去你那里。请问是什么模样的人去你那儿了？"

"中村警部，希望你别开玩笑。一小时前，我不是打电话请你来我家的吗？你说先派四名警员来我家，并说你一完成手上的工作随即来我家。"

"请等一下！听了你说的那些话，我更摸不着边际了。你是在什么时候打电话给我的？我怎么一点也想不起来？请稍等一下，让我问问其他同事……

"喂，高桥先生，我问过其他同事了，我们侦查一科根本没有警员去你那里。你告诉我，去你那里的人确实是警视厅派出的警员吗？"

"那还会有假？一共来了四名警员，两名穿制服，两名穿便服。其中还有一个警部呢！叫什么来着……让我想一想，噢，对了，叫正木信三，他还递给我一张名片呢！"

"什么？正木信三？高桥先生，这下糟啦！我们侦查一科根本就没有叫正木信三的警部。那四个警员也许是歹徒冒充的？好吧，我马上去你那里。等我到了以后，你再详细跟我说！"

中村警部挂断电话，立即驱车前往高桥别墅。

电话真相

高桥先生从邻居家返回家中呆呆地望着墙面，丈二和尚摸不着头脑。一小时前自己确实给警视厅打过电话，可接电话的怎么会不是中村警部？当时接电话的总机接线员是一个女的，明确回答说："这里是警视厅，请讲。"罪犯就是再有伎俩，也不可能替代警视厅的总机接线员接电话。高桥先生困惑不解，面容木然。

其次，罪犯又是怎么绑架贤二的呢？而且神不知鬼不觉的。即便他们都是假警员，可离开会客室时都是在高桥先生眼前通过的，当时根本就没有见着贤二和他们一起离开。

　　除这四名假警员外，会不会还有另一名假警员从后院潜入别墅。然而，这种可能性也不大。曾有两名警员根据正木信三指示去了贤二的房间，前后也只不过十分钟的时间。而十分钟以后去贤二卧室的是自己，目睹了当时的情景。

　　如果说歹徒从后院潜入贤二的房间，将用人和夫人打倒在地，将贤二五花大绑后抱着跳出窗外，再翻越围墙逃走，像这样的绑架过程，短短的十分钟时间里不可能完成。再说围墙外面是人行道，任何时候都有行人，不可能掩人耳目。

　　高桥先生苦苦思索着，就是找不到答案。看来，对手不使用变化多端的魔法，不可能这么神速。

　　高桥先生让秘书请来医生，为昏迷刚醒的用人包扎额头上的伤口。接着为夫人松开身上的麻绳，扶夫人进屋休息。接着，向她俩询问当时的情况。她俩都说歹徒是冷不防从他们身后蹿出，用黑手巾蒙住了她俩的眼睛，再用沾有麻醉剂的手巾蒙住她俩的嘴巴。于是，她们瘫软在地，立即不省人事。

用人在昏迷之前曾厉声喝问他们是干什么的，却遭到歹徒拳打脚踢。不一会儿，用人由于药性发作而昏迷倒地。至于站在背后的歹徒，到底身穿什么样的服装，则无法说清楚。

这时候门铃响了，传来中村警部的声音。秘书请他进入会客室，刚坐下，高桥先生就急匆匆地赶来了。会客室里除中村警部外，还有两个身穿西装的男子。

其中一个男子高高的个头，高桥先生觉得挺面熟，像在哪里见过，可不管怎么回忆就是想不起来。目睹高桥先生脸上尴尬的表情，中村警部似乎明白了个中原因，赶紧介绍说："高桥先生，你不知道他是谁吗？他就是闻名遐迩的大侦探明智小五郎。前一段时间，他也是因为某个大案与我们警视厅联袂侦查，前往大阪摸排。该案刚侦破，他就心急火燎地返回东京。一走出东京车站，连自己的事务所没去就又光临我们警视厅。我把你说的情况向他叙述了一遍，他笑着说这是一件极其有趣的案子，又马不停蹄地与我一同来到现场。站在他旁边的那位，是我的部下。"

"啊，你就是大侦探明智先生。难怪一看见你，我就觉得眼熟。之前，我是通过报上的照片认识你的。独角虫怪物事件，想必你已经清楚。

"那家伙趁你不在东京之际，冒充你来过我家，诱骗我和贤二上了他的贼车。途中幸亏你的助手小林鼎力相助，我们父子俩才得以安全返回家中。说心里话，我一直在盼着你早日返回东京呢！"

高桥先生喜形于色，滔滔不绝，显得非常激动。明智大侦探笑容满面，不时地点着头。

"我在大阪与小林通过电话，从他那里知道了你家前后发生的大致情况。从现象上分析，你被一个神秘的怪物盯上了。别说你，就连我也忧心如焚。因为，歹徒居然冒充我拐骗你们父子俩。说实在的，我也想早点回东京。

"可我侦破大阪那起案件花了一个星期，好在案件已经侦破，我可以腾出手来全力以赴接受你的委托。高桥先生，我配合警方尽量在最短时间内侦破这起独角虫怪物一案。很显然，贤二的失踪与独角虫怪物团伙有关。"

"谢谢你详尽的分析！被大侦探这么一说，我不再泄气了。"

高桥先生听完明智大侦探胸有成竹的一番话，激动得连声道谢，紧紧地握住大侦探的手。

"今天早晨，小林在东京某幢大厦里受尽折磨而感到羞耻，说什么无脸见我，情绪显得十分低落。其实，我们必须振作精神，去征服那些穿着独角虫甲衣寻衅滋事的怪物团伙。"

蓬松的头发、剑眉、敏锐的大眼、挺拔的鼻梁，紧闭双唇的嘴角上略带微笑……大侦探用右手手指梳理着头发，斩钉截铁地说道。

高桥先生接着把刚才发生的情况，详细地向明智大侦探和中村警部叙述了一遍。

"发生如此戏剧性的事情，真是难以理解。当时我拨的确实是警视厅的电话号码，接电话的是总机女接线员，接着，根据我的要求接通了侦查一科的电话。我还跟中村警部通了话。

"中村警部说立即派四名警员上我家，还说处理完手头工作后也立即赶到现场。可刚才中村警部说接电话的不是他，这简直让我无法相信。那些家伙为什么非要绑架贤二？我左思右想不得其解。明智先生、中村警部，我想听听你们两位的高见。"

高桥先生说完，比较了一下中村警部和明智大侦探脸上的表情。于是，中村警部歪着脑袋慢条斯理地说了起来："对于冒充我接电话这一情况，我也着实吃惊不小。起初，我还怀疑内部有罪犯同伙冒充我接电话。经过调查，才得知根本不存在这么回事。总机接线小姐告诉我说，不曾接到过高桥先生打来的电话。可以这么说，当你拨通警视厅电话号码听到电话铃响的时候，传出电话铃声的地方并不是警视厅。"

"可是……假如我拨错了电话号码，总机接线员不会回答说这里是警视厅的呀。虽说冒充中村警部说话腔调的肯定是歹徒，但我拨的警视厅电话号码不可能接通歹徒的电话呀。"

"那……是啊！我也感到不可思议。"

中村警部把双手抱在胸前沉思起来。

站在旁边听着他俩对话的明智大侦探，突然说了一声"对不起，我离开一下"，便走出了会客室。片刻，他笑眯眯地回来了。

"明白了，我已经明白是怎么回事了。这样吧，你们跟我到院子里去一下就知道原委了。"

明智大侦探说完走在前面，朝走廊方向走去，随后又朝院子里走去。高桥先生、中村警部及其部下都莫名其妙地跟在身后，不知道明智大侦探的葫芦里装的什么药。不过，既然大侦探邀请，就跟着去一下吧。

"高桥先生，你院子角落里有一个小门，那儿好像是仓库吧？"

"是的。里面放的都是一些不值钱的东西。"

"你知不知道，这仓库里装有一部电话？"

"什么？仓库里装有电话？"

"是的。我这里有手电，你拿着到仓库里去看一下！"明智大侦探说。

高桥先生接过手电推开仓库门，借助手电灯光张望起来。

"瞧，天花板上悬挂着的不就是电话线吗？你看清楚了吗？这两根电话线连接在电话机上。你再到仓库外面看一下屋檐，这两根电话线是从前面主屋屋檐那里拉向这间小屋的，明白了吗？也就是说，这两根电话线来自那里的电线柱。仓库小屋里有了这样的电话线就可以设置电话机，就能与外界联系。

"罪犯逃走时将电话机带走了，但电话线仍然留在这里。尽管对手的秘密现在已经暴露，但对于罪犯来说已经无关紧要。因为他们的任务已经完成。

"罪犯曾经躲在这个仓库里，等待高桥先生给警视厅打电话。无论你拨什么电话号码，都只能接通这里的电话。也就是说，这名罪犯既模仿总机接线员的说话，又模仿中村的说话。

"当他一完成冒充警视厅中村警部和总机接线员的任务后，便拆卸电话机逃之夭夭。罪犯能耍出这一花招，不得不令我佩服。这样的招数非常简单，但容易让受害人上当。"

"唉。"高桥先生不由得叹了口气。

"我明白了，那家伙指挥着四名假警员犯罪。不过，明智先生，我还有一个重要问题至今弄不明白。"

"你大概是想说，贤二是如何被绑架走的？"

"是的。"

"那很简单，我刚才听你陈述时已经明白了罪犯绑架的方法。其实，贤二是在你眼皮底下被带走的。"

明智大侦探这么一说，中村警部大吃一惊，高桥先生更是惊魂未定，他俩面面相觑。

准确推理

高桥先生满脸迷惑的神情。

"对手使用混淆视线的魔法，在你的眼皮底下将贤二强行带走，可当时的你并没有察觉。"

"什么？在我的眼皮底下？"

"我是说对手使用魔法，非常巧妙地在你眼皮底下通过，并让你丝毫察觉不了。这一战术实在是妙不可言！你不是说，两个假警员是抬着独角虫怪物躯壳离开别墅的吗？像那种用尼龙纤维材料制作的躯壳，就像一把折叠伞那样可以折叠得很小，并且很轻。一个人就可以把它带走。既然里面是空的，再说又没有什么重量，何必一定要两个大人抬着它呢？并且，为什么不将独角虫怪物躯壳折叠起来抬着走呢？你难道不觉得奇怪吗？"

高桥先生听完这番话，表情显得尴尬起来，眼睛眨巴眨巴的。终于，他恍然大悟。

"啊，我明白了。他们把贤二塞入独角虫怪物躯壳里面……"

"是的，除此之外没有其他办法。他们将贤二五花大绑，把沾有麻醉剂的毛巾蒙在他的嘴上。等到贤二昏迷后，将他塞入独角虫怪物的躯壳里。当然，装有贤二的躯壳也就无法折叠。再者，七八十斤重的贤二没有两个大人抬着是出不去的。"

"啊，原来是这么回事，我真是太愚蠢了。秘书曾对我说过，独角虫怪物躯壳可以被折叠得很小。可当时，我根本没有想到他们是假警员。我上当了！这教训太深刻太惨重了，简直无法挽回。"

高桥先生说完，神情颓丧地低下脸望着地面。中村警部同情地安慰说："高桥先生，你不必垂头丧气！我们会全力侦查让贤二早日回到你的身边，明智先生也一定会竭尽全力协助我们警方。请放心吧！"

大约三十分钟过后，三人就如何寻找贤二的方法进行商量。这时候，秘书广田气急败坏地闯进会客室大声嚷道："糟啦！先生，独角虫怪物打来电话一定要你接听。我把电话转过来好吗？"

高桥先生一听，不由得从椅子上站起，片刻后又坐下。

"好，把它转到会客室。"

他伸手拿起电话听筒："喂喂，你是谁？……是的，我是贤二的爸爸高桥太一郎。"

"喂，我是独角虫怪物，明白了吗？高桥先生，咱们闲话少说，直接进入主题吧！你是打算与贤二一辈子分离呢？还是马上交出一亿日元？

"两条路，你到底选择哪一条？就你的身价来说，一亿日元只是一个小数目。从你的存折里取一亿日元，也只不过是小菜一碟。用小钱赎回你那可爱的贤二，身为父亲的你难道觉得不合算？"

"我现在手头没有这笔巨款。"

"用明天一天的时间不就能凑齐了吗？你不仅在银行里有一大笔存款，还持有许多上市公司的股票。你的这些个人资料，我们调查得一清二楚。

"长话短说吧，我正式通知你：明天晚上必须将一亿日元赎金送到我手里。否则，你将永远见不到你的宝贝儿子。"

"贤二现在在哪里？"

"他在东京的一个秘密地方，这当然不会让你知道。请你别担心，也请你放心，我们不会动他半根毫毛。不过，假如你不按时送上赎金，那我只能再重复一遍，你这辈子就别想再见到贤二了。"

"一亿赎金，送到哪里交给你呢？"

"我现在告诉你详细地址，纸和笔准备好了吗？明天晚上九点，我准时赶到那里。地点是从新宿车站去八王子的那条路上，距离新宿车站一公里半的地方。

"那右边有一个常乐寺，常乐寺是一个很大的神社。神社背后的墓地里有一处被战火烧毁的大片住宅废墟。混凝土围墙东倒西歪，里面长满野草。

"虽说建筑物已经烧毁，但别墅砖墙还残留着一部分。钻入残垣断壁的建筑物里，可以看到一个通向地下室的楼梯。你沿着楼梯下到地下室，我就在那里等你。听清楚了吗？"

"贤二呢？也是在那里交给我吗？"

"是的。条件是你先交给我一亿日元，必须是现金。你可以分成两个包袱，一手提一个。你坐车直接到常乐寺前下车，而后必须让车开走。你必须是一个人从常乐寺徒步走到墓地里，并且是两只手提着两个包袱下到地下室。我肯定在那里等你，希望你别迟到。地下室里很暗，你可以带上手电。"

高桥先生听到这里，将手掌捂住话筒征求明智大侦探和中村警部的意见。

"姑且答应他。"中村警部轻轻说道。

"好，明天晚上九点之前，我带上一亿日元到你说的那个地下室里。你也一定要把贤二带来交给我。"

"没关系，你好像在与谁商量？要是我没有猜错，中村警部肯定在你身边。高桥先生，请代我向他问好。中村警部肯定会带着警队，预先埋伏在那里守株待兔。但请你告诉他，让他别想得太美，那是枉费心机。我已经做了充分准备，他是绝对抓不住我的。不过我可要警告你，只要警察出现在现场，就别想见着你的宝贝儿子。这话记住了吗？别忘了对中村警部说哟！明天晚上九点再见！别迟到哟！"

话音刚落，电话被对方蛮横地挂断了。

"我已经无路可走了，只能按照罪犯的意图去办。我明天准备一亿日元把贤二给赎回来。"

高桥先生说这番话时，充满了无可奈何的语气。

"作为警部，我是不会劝说你用赎金换回儿子的。但错过这个机会，再想换回贤二的可能性将变得十分渺茫。对于我们警方来说，这也是一次绝好的机会。机不可失，时不再来。我准备调集十名精明能干的警员，提前埋伏在地下室周围。

"我让他们伪装好埋伏在周围，做到不出现任何破绽。只要贤二一到你身边，我们将一拥而上抓住罪犯，将钱截下。可这笔钱款必须是真的，对手一旦察觉是假钞肯定扬长而去。

"就是再麻烦，也必须准备真的钞票。你说呢？明智先生，你有什么补充的吗？"

中村警部用商量的口气问道。对这类话题，明智大侦探不是很感兴趣。他双眉紧皱，似乎在思索更关键的东西。

"作为警方，千万别打草惊蛇，惊动罪犯。高桥先生，在贤二没有回到你身边之前，绝对不能让对方从你脸上察觉到我们的行动。中村警部，请通知各位警员，没有命令不能轻举妄动。否则，将给高桥先生父子俩带来危险。"

明智大侦探一连重复了好几遍。

一对母子

常乐寺背后长满野草的地方，有一大片东倒西歪的围墙。围墙里是一大堆建筑废墟。

第二天傍晚，这片围墙外站着一个三十岁左右的男子。从着装上看，像一名酒厂的推销员。推销员的那双眼睛贼溜溜的，东张西望地打量着周围，还不停地晃来晃去的。

这家伙是中村警部的部下化装的。

天上笼罩着厚厚的云层，没有一丝风，阴沉沉的。残缺不全的围墙，犹如掉了好几颗牙齿的牙床。围墙里长满了野草，几乎与成人的膝盖一般高。背后不远的地方是一片黑压压的树林，从树林间隙望去，可以隐隐约约地看见常乐寺墓地。那一带万籁俱寂。

"这片废墟可能是妖怪住地，周围阴森森的。"

化装成酒厂推销员的警员，一边嘟嘟哝哝的，一边仔细观察。接着，他打算穿过混凝土围墙的缺口，悄悄走进围墙。可当他刚跨出一步的时候，猛地弯下腰把身体隐藏在草丛里。他一定看到了什么可疑情况！

果然，围墙前面的草丛里有一个黑色的东西在晃动。他探出脑袋目不转睛地望着那里，注视了好一阵子才算看清楚。那是两个衣衫褴褛的人，从外表看像叫花子。

出乎警员的意料，这里居然还是叫花子聚集在一起的休息场所。女叫花子的身边是少年叫花子，少年叫花子看上去十四五岁，全身从上到下脏兮兮的。

警员在草丛里匍匐着，迅速朝那里靠近。女叫花子用右手按住腹部，将身体像折成两段似的龟缩在地上。乱蓬蓬的棕色长发，酷似鸟窝。脸上红一块黑一块的，看不清楚究竟长得什么模样。身上的衣服破旧，下摆被撕成一条一条的，腰间扎着一根细绳。

少年叫花子不停地在女叫花子背上按摩，不断地窃窃私语。

少年叫花子身上的衬衣和裤子又黑又脏，脸上也是黑不溜秋的。

"怎么啦？是肚子疼吗？"

化装成酒厂推销员的侦查警员，一边打量女叫花子的脸一边上前询问。

"嗯，我妈妈闹肚子。叔叔，你身上带着人丹吗？我妈妈只要吞服人丹，肚子就会不疼的。"

"对不起，我身上没带人丹，疼得很厉害吗？"

"嗯，没关系。不是什么大病，马上就会好的。"

女叫花子回答时没有抬起脸，声音嘶哑。

"要是真病了，还是到别处休息吧。趁现在天还没有黑，快离开这里吧！今天晚上，这片建筑废墟里不会太平。你们一定要待在这里，说不定会遭遇危险呢。"

警员说完，向周围张望了一下，朝围墙外面走去。二十分钟过后，这两个叫花子也无影无踪了。

不知去向

　　且说那天晚上九点，时钟敲响最后一下的时候，高桥先生出现在那片废墟地里。他正沿着建筑废墟的楼梯朝地下室走去，左臂夹着包袱，右手也提着包袱。两只包袱里装的都是钞票。左手还拿着手电照亮楼梯，小心翼翼地走着。

　　虽然天没有下雨，但乌云密布，气压低得让人喘不过气来，随时有突然下暴雨的可能。一路上到处是与膝盖一般高的杂草，夹杂着许多带刺的荆棘。高桥先生一边避让，一边不时地用手将杂草朝两边拨开，累得满头大汗。

高桥先生在东京实业家圈子里赫赫有名，工作十分繁忙，经常半夜回家，从不相信天底下有妖魔鬼怪。可一来到这种荒无人烟的地方，不免也提心吊胆起来。

一想到在地下室等候自己的对手是独角虫怪物，他就觉得身上像被人浇了一桶冰水，冷飕飕的，全身上下哆嗦着。但一想到马上就能见到儿子贤二，他便勇气十足。就是冒再大的风险，遇上再可怕的怪物，他也无所畏惧。

混凝土楼梯呈锯齿形状，有许多缺口，并且被丛生的野草遮盖着，稍不留神便会滚落下去。高桥先生小心翼翼地朝下走着，如履薄冰。他越往下走越觉得眼前漆黑，越感到地下室深不可测。

"把手电关掉！"

脚下的黑暗处突然传来毛骨悚然的尖叫声。高桥先生吃了一惊，立刻停下脚步，按照指示关闭手电，并将手电放入口袋。

"喂，我是高桥，你把我家贤二带来了吗？"

高桥先生壮着胆子大声问道。忽然，黑暗的地下室里出现了一道蜡烛火光。

"喂，你是一个人来的吗？你把贤二带来了吗？"

"是的，我是一个人来的。你说贤二吗？当然带来了。高桥先生，我向来是说话算数的。"

"好，我正在往下走呢。"

高桥先生走完楼梯来到地下室，亮光果然来自蜡烛。房间中央放着一口旧的木箱，木箱上面竖立着一根蜡烛。

蜡烛背后，好像有一个黑色的庞然大物。高桥先生吓了一跳，打算转过身逃出地下室。

怪物的全身是黑油油的，两只圆滚滚的大眼睛紧盯着高桥先生的脸。

虽说它是用尼龙纤维制作而成的躯壳，那里面也肯定有人，但高桥先生还是不敢上前，尤其身处冷清而又黑暗的地下室，更易于让人胡思乱想，疑神疑鬼。

"你大概觉得我外表很可怕吧？放心吧，我不会吃你的。我不想让别人看到我的脸，特地打扮成这般模样与你约会。请相信，我没有半点吓唬你的意思。"

声音来自独角虫怪物的嘴巴。不用说，躯壳里肯定有人。"

听对方这么一说，高桥先生开始镇静下来。

"贤二呢？贤二在哪里？"

"请仔细看！他就在我背后的角落里坐着呢！我讨厌他的哭声，所以把他的嘴给堵住了。在交给你之前，只能让他受点委屈。"

烛光的光线微弱，高桥先生一直难以发现贤二。经独角虫怪物这么一说，角落里果然蜷缩着一个小小的身影。可怜的贤二被五花大绑，嘴上被堵得严严实实的，根本说不出话来。其实从高桥先生一进屋开始，贤二就已经看到了爸爸。

他想爬起来，想喊一声爸爸，可无奈腿、手和嘴都不能动弹，只能望着爸爸那张烛光下的脸。仅一天时间的分别，贤二感觉爸爸脸上好像瘦了一圈。

"好了，谈正经事吧！一亿日元我带来了，请点数，并立即给贤二松绑。"

"好，我核实过了。高桥先生，这钱不会是假币吧？我想你不是那种狡猾的人。不过，如果是假币，我可跟你没完！我会变本加厉地惩罚你，让你天天不得安宁。现在，我把贤二交还给你。我在躯壳里行动不太方便，你就自己过来为贤二松绑吧！"

于是，高桥先生走了过去，但又害怕独角虫怪物突然翻脸，不得不绕道走到贤二跟前解开绳索，而后拉着他的手让他站起来。接着，拽着贤二的小手走出楼梯来到外面。紧接着，高桥先生敏捷地取出手电摇晃起来，朝黑暗里打信号。

这时候，草丛开始晃动，许多黑影朝洞口爬来。不用说，那是中村警部手下的警员们。

没有响声。十个黑色的身影瞬间聚集在地下室出入口旁边。傍晚出现过的那个酒厂推销员警员，说不定也在人群里。十名警员化装成了十个模样。

地下室只有一个出入口，也只有一处楼梯。可见，怪物已经是瓮中之鳖。

众警员沿着楼梯悄悄朝地下室走去，地下室里亮着微弱的烛光。巨大的怪物仍龟缩在原来的地方，丝毫没有动弹。

警员们见状呼地猛扑上去，可怪物还是没有一点动静，显得十分镇定自若。地下室过于安静，犹如地狱一般。

"没想到吧，你这个怪物，竟然也会中我们的圈套。"

其中一名警员大声喝道。话音刚落，独角虫怪物猛地摇晃起长矛似的尖角，哈哈大笑起来。

"啊哈哈哈……"并且笑个不停。

众警员先是愣了一下，但很快恢复了威严。不管怎么说，地下室不是久留之地，抓住怪物后立即带离现场。

走在前面的三个警员组成包围圈，冷不防朝独角虫怪物扑去。谁知意料不到的情况发生了。独角虫怪物被三名警员的手一摁，居然瘪了一大半，像一只正在漏气的大气球。

警员们见怪物瘫软在地上，赶紧将他扶起。突然，三名警员不约而同地惊叫起来。

独角虫怪物躯壳里居然是空的，根本就没有人。刚才那个哈哈大笑的歹徒，不知什么时候已经销声匿迹。咦，这家伙究竟是怎么逃离地下室的？他现在究竟逃到哪里去了？倘若真是躯壳，不可能传出人说话的声音。

少年贤二

　　地下室只有一个出入口，而出入口有警员把守。要想从唯一的洞口溜之大吉，不被人发觉是不可能的。除非地下室里还有其他出入口。警员们对地下室展开了仔细搜寻，查遍所有的角落，不仅没有发现秘密通道，就连老鼠洞也没有找到。怪了！怪物居然无声无息不翼而飞了。

　　"咦，这是什么？"

　　一个警员指着地上的两个包袱说。

　　站在背后的高桥先生，拉着贤二的手朝那里走去。

“这是装钞票的包袱。”

高桥先生蹲在地上，认真地检查起包袱来。

“这确实是我带来的包袱，一亿日元的纸币一张也没少。那家伙也许忘了最重要的东西仓皇出逃。可是……这到底是怎么回事？”

高桥先生战战兢兢环视周围，警员们也一时无法明白究竟是怎么回事，互相对视，不知如何是好。

“高桥先生，你出尔反尔，不讲信用，居然把警员带到这里。不过，我是早有防备的。这钱我已经不想要了，可你的贤二将被我带到遥远的地方，带到深山老林里的铁塔王国。就说到这里，再见！”

突然，不知从地下室的哪个角落传出怪物的说话声。说完，这不可思议的话说声突然停止。

看不见他在哪里，却能听见他的声音。高桥先生和警员们面面相觑，似乎说话的不是人而是妖魔。尤其是说话的内容，难以让大家明白。钱留在这儿，一分不少，并且贤二也在这儿，独角虫怪物又怎么把他带走呢？真不可思议！怪物到底想表达什么意思？

就在这时候，高桥先生吃惊地打量起贤二来。

"对不起，请将手电朝这里照一下……"

他对身边的警员说。于是，手电灯光照在贤二的脸上。少年吃惊地抬起头来。

粗看，那张脸长得与贤二相似。细看，不完全相似。高桥先生看着看着，越发觉得眼前的少年与自己的宝贝儿子相差甚远。

"喂，你不是贤二。你到底是什么人？"

高桥先生焦急得吼了起来。

"我，我是木村正一，不是贤二。"

少年没有半点慌张的神色。

"你为什么冒充贤二？我还真以为你是贤二呢！"

"叔叔，我是在放学回家路上被坏人抓住带到这里来的。我想说话，可嘴被手巾堵住了。我想逃，可手脚被绑得严严实实的。那家伙对我说，马上有一个叫高桥的先生要到这里来，如果他带你走，你就不愁到不了家。说不准，他还会送你一个遥控玩具船。"

木村不像是一个要滑头的少年。看他那深信无疑的表情，似乎真是上了怪物的当冒充了贤二。

"原来是这么回事。难道你不怕那个独角虫怪物？"

"当然怕。可怕又有什么用呢？手脚被绑着，嘴巴被堵着，想逃也逃不走，想喊也喊不出声来。强行把我带到这里的歹徒还威胁说，我要是逃走他就杀了我。"

少年这番解释，听上去不像是撒谎。看来他是被迫冒充贤二的，不是独角虫怪物团伙的帮凶。

"好，我会送你回家的。可你要的那个遥控玩具船，我是不可能为你买的。因为，叔叔我倒了大霉。我的宝贝儿子，与你长得相似的贤二，昨天遭到绑架，至今下落不明。"

高桥先生神情颓丧，追悔莫及。要是没有这个正一少年夹在中间，自己不可能轻信歹徒的话。可是……越后悔越觉得这个少年可恨。别说买玩具，恨不得给他一巴掌。

贤二被带到铁塔王国是不容置疑的事实了。

其实只要按歹徒要求如数送上日元，贤二无疑会回到自己的身边。可自己过于相信警方的力量，还兴冲冲地把警方带到这里，妄想儿子不仅安全回到身边，钱也可以不遭到损失。现在可好，不但没有抓住怪物，连第二次与对方交涉的可能性也已经不复存在。宝贝儿子与自己虽生活在同一个世界，却不能相见。

此刻，高桥先生心里开始埋怨起中村警部。如果当时不听他的话，不至于落到这种进退两难的地步。

在这么非同寻常的紧要关头，大侦探明智小五郎又不知去了哪里。他在干什么？不会因为害怕怪物而临阵脱逃吧？不仅如此，那个小林芳雄也不露面。师徒俩都不知躲到哪里去了。

恐怕大侦探也没有料到，守株待兔、瓮中捉鳖竟然是如此结局。

怪异轿车

高桥先生和众警员只是呆呆地站在地下室，束手无策地相互对视着。就在这时候，背后的楼梯上出现了一个黑影，朝地下室走来。

"是谁？快说！"

一位警员察觉后厉声询问，并且将手电灯光朝楼梯上射去。出现在手电光束里的，是一个女叫花子。也就是化装成酒厂推销员的警员在傍晚时分的围墙那里见到的叫花子。

"怎么，你是叫花子？现在这时候，你来地下室干什么？你是打算在地下室里睡觉？不行，快出去。"

另一位警员冲上前去，打算强行将女叫花子带出地下室。然而这个女叫花子没有半点害怕，而是将警员的手扭到背后，继续朝地下室走来。警员做梦也没有想到，一个破衣烂衫的叫花子居然有如此手劲。女叫花子走到高桥先生跟前，把脸转向大家微笑起来。

"这家伙一定是神经出了问题！喂，快出去！这里不是你们这种人可以来的地方。快出去！再不走我可要……"

另一位警员大声吼道。但女叫花子无动于衷，嘴里竟然口吐狂言："这里就是我来的场所。我不来，你们只能干瞪眼。我说的不对吗？"

听说话的声音与女叫花子的外表极不相称，接着声音变得更奇怪了。

女叫花子开始用男人的声音说话："哈哈哈……还不明白吗？还看不出我究竟是谁？"

女叫花子一边说一边举起手抓住自己的头发，随后往上一拽。于是，乱蓬蓬的头发离开脑袋，露出一张男人的脸来。原来，女叫花子的头发是假发套。

这名男子的头发梳得不太整齐，脸上被炭粉涂得黑不溜秋的。仔细一看，这张脸好像在哪里见过。

"啊，你，你是……"

"我是明智小五郎，现在你们该明白了吧！"

这个一身肮脏打扮的女叫花子，竟是明智大侦探化装的。高桥先生和众警员目瞪口呆，半晌没说出话来。

"安排你们埋伏在这里，反而让我觉得抓住罪犯的可能性变小了。还有，对手肯定留了一手以防万一。为此，我化装成谁也无法识别的女叫花子。从昨天傍晚起，我一直待在附近监视地下室里的动静。一旦出现不可预测的情况，我将随时帮助你们。"

明智大侦探简直像站在主席台上演说那样，风度翩翩。

"我看见高桥先生提着包袱进入地下室，也看见高桥先生牵着一个少年的手走出地下室，还看见各位警员冲入地下室。于是，我靠近地下室观察，根据你们的交谈内容察觉少年是贤二的替身，并且，怪物已经不知去向。

"奇怪！我的视线始终盯在这里，没有离开过地下室这个唯一出入口，也没有见到有人从这里出去。

"天黑下来的时候，我发现前面路边停着一辆关闭车灯的轿车。我突然想起什么，便注意起那辆车来。可刚才，那辆轿车启动后远走高飞了。而这地下室里，看不见罪犯却听得见声音。是这样吧？而且是地下室里奇怪的笑声刚结束不久，那辆轿车才发出引擎声离开的。这道理，大家明白了吗？"

"明智先生，你是说歹徒乘坐在那辆轿车上？"

"是的。多半是歹徒团伙的首领乘坐在那辆轿车上。"

"你既然察觉那是一辆贼车，为什么不采取行动？明智先生，这不是等于你放跑了罪犯吗？"

"不，我已经采取了行动。喂，站在后面的那个刚才扮作酒厂推销员的警员，你大概还记得一个女叫花子带着一个少年叫花子吧？你觉得那个少年叫花子他会去哪里？其实，他早已隐藏在那辆贼车后备箱里跟踪罪犯。那是非常危险的任务，可不冒险又怎么能抓住阴险狡猾的罪犯呢？像他那样的少年侦探，我相信他一定能出色完成任务。"

"啊，我现在才明白。那少年叫花子原来是先生的助手小林。"

那个化装成酒厂推销员的警员，突然茅塞顿开，喜出望外。

"是的。小林比小松鼠还要灵活，并且遇事爱动脑筋。像他那样的跟踪，成年人难以办到。身材瘦小的少年，才不至于被罪犯察觉。小林还像水蛭那样，一旦被他黏住，想甩也甩不掉。他可能一直跟踪到歹徒大本营。不弄清楚铁塔王国在哪里，他是不会轻易停止跟踪的。

"化装成叫花子的小林，随身带着一只大布袋。那里面放着各种各样的侦查道具，关键时刻就靠它们发挥作用。我相信小林的智慧和能力，相信他一定能出色完成跟踪任务。"

听到这里，大家终于放下心来。大家相信，有少年神探小林跟踪，一定能摸清铁塔王国的具体位置。消灭怪物团伙并且端掉贼巢的时刻将指日可待。

真相大白

"可是，怪物又是如何从地下室逃走的呢？只能听到怪物的声音，却看不见怪物的影子……最终，怪物又神出鬼没地逃走了。我琢磨到现在，还是无法明白其中的奥秘。明智先生，你能揭开这个谜吗？"

高桥先生问道。其实，这也是大家最关心的话题。

"我也是在轿车离开的那一刹那，才明白其中奥秘的。也许我们的行动稍稍慢了一点。但没有抓住他们，并不是什么坏事情。当前摆在我们面前最重要的任务，是弄清罪犯的老巢在哪里。说得明白一点，是弄清铁塔王国的具体位置。说到这里，我想出了一个谜底。请大家稍等片刻，让我核实我这个谜底究竟是对还是错。"

明智大侦探说完，走到躺在地上的独角虫躯壳旁边。由于刚才警员的猛扑，独角虫躯壳已经失去原来的形状。只见明智先生一脚踩在躯壳上面，用左手将那张可怕的嘴朝上掰开。随后，用右手伸入里面不知摸着什么。片刻，他掏出一个微型喇叭，背后缠着像细绳模样的东西。

"请看，这是微型喇叭，背后缠着电线。怪物在轿车里使用微型话筒说话，声音通过电线传送，再由喇叭播送。大家听到喇叭声，误以为独角虫躯壳在说话。轿车与地下室之间连接着电线，途中的电线由于被草遮盖，不易被人察觉。

"因此，人坐在轿车里对着话筒说话，地下室里的人就可以听见。为什么可以一问一答？我们的声音可以传到轿车里，那是因为地下室里有微型话筒。由此可以断定，地下室里的某个地方装着话筒。"

明智大侦探说完，借用警部的手电在地下室里寻找起来。少顷，他发现左侧顶角那里有一个被蜘蛛网裹着的小东西。

"也许就是它？微型话筒多半藏在蜘蛛网里？"

一位警员不知从哪里找来一根竹子。明智大侦探接过竹子捣了一下顶角的蜘蛛网。于是，那里露出一个微型话筒模样的东西。果然不出明智大侦探所料，地下室里装有话筒。

谜底找到了。这与高桥别墅仓库里被歹徒秘密安装的电话机一样，非常简单。怪物团伙里好像有懂电气的人。

啊，原来是这么回事。高桥先生误以为独角虫躯壳里有人，其实那是话筒与喇叭相连而制造的假象。

"明智先生，请再等一下。怪物团伙要我带上一亿日元到这里，我猜可能也是开玩笑。也许从一开始，罪犯们就没有敲诈勒索的打算。你看，钱分文不少，这实在让人无法理解。"

高桥先生歪着头，一脸困惑。

"不，他们怎么会不要钱呢？昨晚，他们在与你通电话的时候，已经感觉到中村警部就站在你的身边。于是，今天晚上他们多长了一个心眼。对他们来说，安全比钱更重要。一旦被抓什么都完了！所以呀，他们今晚采取这样的方法。他们原来的如意算盘是，让你独自一人把钱带来放到地下室。等你走后，他们再来地下室取钱。当他们把钱弄到手后，再把真贤二与假贤二交换。

"一察觉警员出现在地下室，他们当然停止取钱。不过，真贤二也就被他们带到别的地方去了。他们的目的是让你和中村警部感到尴尬，或者让你埋怨中村警部。但对他们来说，选择其中任何一条路都不会带来丝毫损失。简直太妙了！"

听到这里，大家对歹徒的精心策划感到震惊。但明智大侦探的这番分析，让大家觉得大侦探的智慧远远超过对手。明智大侦探不仅识破了对方的诡计，他已经命令小林随贼车跟踪，弄清歹徒老巢的所在地。

随车跟踪

在一片空地的黑暗角落里，停着一辆熄灭车灯的轿车。距离这辆轿车不远的草丛里埋伏着少年叫花子，正聚精会神地注视着轿车的动向。

这名叫花子，不用说，是明智大侦探的少年助手小林芳雄。明智大侦探曾对他说，你必须跟踪贼车，直到摸清歹徒大本营为止。可追踪轿车不是轻易能做到的，两条腿不可能赛过四个轮子。唯一的办法是隐藏在轿车的后备箱里。

小林早已习惯这样的跟踪。曾几何时，他隐蔽在贼车的后备箱里来到贼窝，终于如愿以偿地救出贤二。今天夜里，他还是想如法炮制。

　　周围都是草丛，加之天色又黑，不必担心被对手察觉。

　　小林匍匐到车尾，站起身来掀开后备箱盖，伸手在里面摸了一下。后备箱里除一个背包外，还有很大空间。接着，他像水蛭那样钻入后备箱。将背包推向外侧，自己则躺在里面。

　　这辆轿车究竟驶向哪里？小林不清楚，更不清楚自己在后备箱里要待多久。为此，他在执行任务前做了充分准备。出发时，他背上挎着一个大黑布袋。那里面除装着侦探七道具以外，还装有好多矿泉水、面包和换洗衣物。此外，他还带着圆铁罐等杂七杂八的东西。

　　小林从大黑布袋里取出两根钢丝，已经被弯曲成奇怪的形状。他将其中一根钢丝插在箱盖与主体之间，以保持箱内与箱外的空气畅通。他将另一根钢丝插入箱盖锁转了一下，锁上后备箱盖。

　　不愧是明智大侦探的得力助手，连隐蔽在后备箱里如何保持呼吸也都考虑到了。

接着，他又从袋里取出黑布从头上套到脚上，紧紧裹住全身。由于后备箱里没有光线，车外又是漆黑的夜晚，即便有人打开箱盖也不会察觉。

小林一声不吭地躺在后备箱里，等待着贼车启动。片刻后传来引擎声，接着贼车出发了。车速渐渐加快，瞬间奔驰起来。

轿车后排座位上坐着贤二和两个彪形大汉。歹徒们究竟要将贤二带向哪里？

一个小时过去了，两个小时过去了，车还在飞驶，没有停车的迹象。躺在后备箱里的小林开始觉得浑身不舒服。肩膀、腰、屁股，又酸又疼。由于后备箱里空间有限，小林只能躺不能坐。

三个小时过去了，四个小时过去了……车还在疾驶。突然，车颠簸起来，不再行驶在柏油大道上，而是在坑坑洼洼的土路上。肚子饿了，小林从袋里取出面包和矿泉水开始充饥。

奇怪的轿车之旅，不知什么时候才能结束。

轿车在途中停了一会儿，是加汽油。加完汽油后，车又启动了。片刻，轿车好像在上坡道行驶，车速徐徐减慢。由于路面高低不平，轿车颠簸明显，小林全身不停地与车体碰撞，疼得他眼泪在眼眶里打转。

小林全身已经麻木，眼看就要失去知觉，可车还在行驶，没有停车的迹象。就这样，车摇晃了很长时间。车速突然开始减慢，好像到达目的地了。须臾，轿车终于停了。

从后备箱盖的间隙里，射入一丝朦胧的光线，已经是次日黎明了。

歹徒下车的说话声，轻轻地传到后备箱里。小林顶开箱盖环视，周围是一片黑压压的树林。树林中间的羊肠小道上，出现几个刚下车的歹徒。由于轿车无法在这条林荫小道上行驶，歹徒们只得以步代车。走完小道后，他们也许还要爬山。前方，无疑是深山老林。

小林急忙离开后备箱，匍匐到车旁，接着慢慢地站起来窥视车内。车里空荡荡的，一个人影也没有。小林又朝树林里望去，发现歹徒们拽着贤二行走。小林把大黑布袋挎在肩上，开始跟踪。

一路上，到处是高耸入云的大树。树林里枝叶重叠，根本看不见天空。那条蜿蜒崎岖的羊肠小道，一直向前延伸。虽说是一条路，但根据路面状况看，平常似乎不太有人走这条路。白色的山竹林将小道遮挡得时隐时现，不用手朝两边拨开无法迈步。

跟踪时不能发出任何响声，否则易于被对方察觉，后果将不堪设想。

沿着这条林荫小道，小林走了足足一个多小时，累得满头大汗，真想躺在地上休息一会儿。可就在这时，目的地到了。他眼前变得明亮宽敞起来。

他不是走出树林，而是遇上树林里的一大块空地。歹徒们相继朝空地走去，小林加倍小心起来。他心里非常清楚，一旦被对方发现则根本无法逃出这片树林。他把身体隐蔽在一棵大树后面，打量着这片空地。

那一大片空地的前面，有一座直插云霄的黑色城堡。不是日本风格的建筑，而是欧洲风格的建筑。城堡左侧，耸立着五十米高的塔楼。其直径比自来水管粗几百倍，外表没有任何装饰。在这片树林里，突然出现这么一座高耸入云的塔楼，实在令人不可思议。

塔楼表面是厚实的铁板，上面有许许多多的小窗。塔旁是高高的铁板围墙，一望无际地向前延伸。铁板围墙里有许多大大小小的建筑，屋檐形状迥异，古里古怪。围墙中间的大铁门紧闭，给人一种威严的感觉。

这座塔楼，与那个白胡子老爷爷西洋镜里的塔楼一模一样。无疑，这里是歹徒团伙的铁塔王国，也就是怪物大本营。

小林一边回忆一边推理，心跳开始加剧。两个歹徒从两侧拽着贤二的胳膊朝塔楼走去。渐渐的，他们与小林的距离越来越大。

片刻，他们一行五人走到威严的大铁门跟前。这时候，铁门左侧的瞭望窗孔里探出一张脸来。这家伙与下面四个家伙不知说了一些什么，可能是在对暗号。接着，铁门打开了，可门缝必须侧着身体方可通过。四个歹徒和贤二先后从狭小的门缝挤入，一个个消失在铁门里。

紧接着铁门关上了，周围又是一片寂静。这确实是一座被深山老林包围着的城堡，也是一座高耸入云的城堡。可里面究竟居住着什么样的人？小林的脑瓜子开始恍惚起来，大铁门那里仿佛涌出一大群独角虫怪物，猛然间朝左右散开朝自己包抄过来。想到这里，小林全身像处在狂风暴雨之中一样冷得直打哆嗦。

好不容易跟踪到这里，可接下来该怎么办？小林感到茫然。如果冒冒失失地靠近城堡，万一被歹徒发觉，自己也将步贤二的后尘。

自己既不可能打开铁门，也不可能翻越高高的铁墙。小林一边思索，一边在没有路的树林里转圈，许久之后，才总算来到城堡后面。可周围都是高高的铁墙，他找不到可以潜入城堡的地方。

小林反复思考，还是束手无策。他隐蔽在大树后面朝城堡注视了许久，觉得还是等到大铁门再度打开时潜入。可究竟要等多长时间呢？再说身上携带的干粮已经所剩无几。

"啊，有办法了。"

小林想了个绝妙主意。歹徒们的那辆车不是还停在树林入口处吗？把车驾到附近街道的电话亭那里，迅速与东京的明智先生联系。先生接到电话后肯定会火速赶到这里，一定会带来潜入城堡的好办法。

小林会驾车，而且技术不差。他挎着大黑布袋沿着来的路走了一个多小时，尽管途中好几次迷路走到岔路，但最终还是到了树林入口处。

小林兴奋起来，那辆车就在眼前。他迈着疲惫的双腿坐上驾驶席，正要发动引擎的时候习惯性地将视线投向油量表，所剩汽油已经不多了。这些歹徒把车扔在这里是因为汽油不多了，即便行驶顶多也只能跑上二三公里。

像这样的大山里不可能有加油站，车没有汽油是无法行驶的。把这样的车扔在大山里，不必担心被人开走，非常安全。歹徒们想要外出，只要从城堡里把汽油带到这里就可以了。

小屋主人

　　小林下车后呆呆地站了一会儿，两眼环视着周围。突然，他发现远处有什么东西在蠕动。再仔细一看，是白色的烟雾。那冒烟的地方，好像在前面一带的树林里。

　　有烟雾的地方，一定有人居住。小林想到这里抬腿朝那里走去。来到那片白色山竹林旁边，小林沿着山路朝前走着。白色烟雾升腾的地方似乎就在眼前，可他一走入树林便迷失了方向。走着走着，冒烟的地方转眼不见了。他又绕了一个圈子，终于找到那个冒烟的小屋。

那是用原木搭建的小屋，面积大约十平方米。小林径直走到门前，察觉屋里好像有人，于是抬高嗓门大喊。

　　这时候，小屋里传来了"是谁呀？"的回答声。接着，一个满脸胡子拉碴、面目狰狞的男子推门出来。他在叫花子小林脸上打量了好一阵子，一脸疑惑的表情。

　　"像你这样的少年，是怎么来到这大山里的？"

　　"叔叔，我迷路了，请让我在你这儿居住一个晚上好吗？我饿得实在走不动了。瞧，我的两条腿也已经抬不起来了。"

　　小林装出一副可怜相。

　　"你原来迷路了？是呵，像这样人烟稀少的大山里，就是大人也会迷路，何况像你这样尚未成年的孩子，不迷路才怪呢！好，你进屋吧！还剩些饭菜，你就敞开肚子吃吧！"

　　这位叔叔乍一看令人生畏，可心肠还挺善良的。小林挎着大黑布袋走到房间里，一屁股坐在取暖炉的旁边。

片刻，屋主从炉旁的锅里将粥盛入碗里，递到小林的手上。小林一边喝一边问道："叔叔，你在这地方干什么活呀？"

　　"我是打猎的。这大山里有许多野鸡，我用猎枪打下野鸡卖给山脚下的村民。我就是做这种买卖的，啊哈哈哈……"

　　他哈哈大笑起来。由于脸上长满了胡子，嘴里的牙齿显得更白，舌头显得更红。

　　"我迷路后在这奇怪的大山里转来转去，没想到在那里遇上一座城堡。叔叔，你知道吗？"

　　"我当然知道。"

　　"那是谁家的城堡？谁住在里面？"

　　"听说住在里面的都是怪物。"

　　"什么，都是怪物？"

　　"都是独角虫怪物。大山里有野猪那般大的独角虫怪物，山脚下的村民们都知道。因此，没有一个敢上山的。我那些猎人同事以及伐木工，都吓得避而远之。我比他们勇敢，现在住在这大山里的就剩我一个了。哈哈哈……"屋主张开大嘴狂笑。

"叔叔，你见过独角虫怪物吗？"

"当然见过，还不止一次呢！遇上独角虫怪物我是不敢开枪的，子弹对它们不起作用。一旦遇上它们，我也是绕道离开。"

"独角虫是居住在那座城堡里吗？"

"是的，城堡里还住着独角虫怪物大王。所有的独角虫怪物，都乖乖听从大王指挥。"

"大铁门有开的时候吗？"

"不知道，我没有见大铁门开过。那大铁门，不管什么时候都是紧闭的。我曾经听到过钟声，因为好奇想去那里见识见识。我沿着城堡围墙一连转了好几圈，就是没有找到可以进去的缺口。于是我把耳朵贴在围墙上，想听听里面到底有什么声音。

"我听见围墙里有说话声，还有钟声。我还听到成百上千条独角虫爬来爬去的声音，那是一种令人讨厌的声音，就像是成千上万的人在说悄悄话的声音。我吓得不敢再听，拔腿就跑。

"我这个人从来就不怕死，但一听到那种声音便产生恐惧感。我当时下定决心，今后再也不去那里了。打那以后，我只要一看到城堡便会腿脚发软，全身冒冷汗。"

小屋主人说到这里，眼神变得奇怪起来，不时地环视周围，仿佛独角虫怪物随时出现在屋里似的。

信鸽绳梯

接着，小林又向屋主打听了许多情况。原来，这一带是木曾山脉的深山老林。此外，小林还打听到了从东京来这里的路线。

那天晚上八点左右，小林趁屋主熟睡之际挎着大黑布悄悄地走了，他来到小屋后面的空地上，从袋里取出茶壶模样的铁罐。打开盖子，铁罐里传出咕咕的啼叫声。

"别叫了，别叫了，一定是憋得难受了吧？对不起，马上有一项重要任务需要你去完成，听见了吗？别开小差哟！"

小林一边说一边把手伸入罐中取出一只鸽子，再从袋里取出一样小东西，用细绳将它绑在鸽子的腿上。

　　"好了，飞吧！别飞错方向哟！"

　　小林的手一松开，鸽子似乎思考了片刻，随即展开翅膀飞走了。瞬间，消失在高耸入云的树林上空。由于天黑，小林看不清楚鸽子究竟飞向哪里，只能根据翅膀挥动的声音判断，鸽子好像已经顺利飞上高空。

　　"这下可以放心了。好，前所未有的探险即将开始了。"

　　小林自言自语地说着，开始着手探险的准备工作。他从随身携带的黑布袋里取出黑衬衣、黑裤子、黑头套、黑袜子、黑鞋子以及黑手套，接着脱去身上的破衣烂衫，换上清一色的黑装。顿时，小林从头到脚变成了小黑人。唯有黑头套的两只眼孔里，露出机灵的目光。

　　接着，他又从黑布袋里取出一条很宽的黑腰带，紧紧地系在自己的腰上。这条腰带内侧有许多小口袋，装着侦探七道具。他把脱下的叫花子外套折叠后装入黑布袋里，再将黑布袋挂在旁边的树枝上。准备工作完成后，小林整理了一下黑色紧身衣裤，握紧拳头，迈开双腿跨出探险的第一步。

不用说，目标是独角虫怪物居住的城堡。小林从腰带内侧取出小型手电，照着脚下的路小心翼翼地走着。由于黑暗的树林里没有路，他走了好几回冤枉路，最后，终于来到可以看见铁塔的地方。这一段路程，小林足足用去三十分钟。

那是一大片空地，周围是树林。尽管伸手不见五指，可那座巨人般的塔楼清楚地浮现在眼前。

一进入那片空地，小林便立即关闭手电，蹑手蹑脚地朝城堡靠近。由于从头到脚都是黑色，与周围的夜色连成一体。即便歹徒从瞭望窗里探出脸来，也不必担心被察觉。

小林来到城堡旁边，从腰带内侧取出黑色绳梯。这是一种特制的绳索，采用尼龙制作的，非常牢固。绳端上的铁钩也很神奇，不管扔向什么地方都可牢牢挂住。

小林将绳梯端部的铁钩攥在手上，抬起头仰望高高的城堡。围墙高度大约五米，而绳梯的长度十米左右。他瞄准围墙顶端，握住绳钩的右手向上一甩，铁钩不偏不倚，正好挂在围墙顶上。

　　小林顺着绳梯猴子般地向上爬行，眨眼间爬到了围墙顶上。随即收起绳梯朝围墙内侧的地面扔去，接着又猴子般地顺着绳梯下到城堡里的地面。再操纵绳梯上的机关卸下挂在围墙顶上的铁钩，将绳梯整理后塞入腰带内侧。由于是尼龙绳梯，可以捏成巴掌大小，便于携带。

　　城里也是一片漆黑，鸦雀无声。小林打量周围，发现前面很远的地方有朦胧的正方形火光。小林径直朝那里走去，方知那是窗户里射出的灯光，于是踮起脚尖继续朝有灯光的地方走去。

似曾相识

　　高高的围墙里，这座大型城堡犹如顶天立地的黑色怪物。走到跟前一看，它是由大石块垒砌而成的石楼。

　　散发灯光的窗户敞开着，由于城堡的围墙有五米高，非常安全。像这样有围墙的建筑，也许没有关窗的必要。

　　小林飞身蹿向窗户，两只手牢牢抓住窗台，将身体往上移，接着睁大眼睛窥视房间。这是一个非常宽敞的房间，好像没有人居住，显得空荡荡的。墙柱上挂着一盏油灯，红色火光将房间照得模模糊糊的。

　　小林观察了好一会儿，房间里还是一点动静也没有。于是，他将身体猛地往上跃起，翻窗进入房间。

　　房门在窗户的对面。小林推开房门，门无声地开了。他沿着黑暗的走廊，朝纵深走去。

　　走廊弯弯曲曲地一直向前延伸。走廊两侧有许多房门，房间里好像有人在睡觉。小林推开其中没有上锁的房门，从狭窄的门缝里朝里窥视，可黑乎乎的什么也看不见。他猜想，房间里肯定有人在睡觉。

　　小林轻轻关上房门，沿着走廊继续朝前行走。走廊尽头有一条垂直的光线，门虚掩着留有一条缝，灯光从门缝射向走廊。

　　小林踮起脚尖靠近房门，顺着门缝朝里窥视。

　　这也是一个大房间，墙面、顶面和地面装饰一新，天花板上垂挂着一盏镶嵌无数宝石的水晶大吊灯。发出亮光的不是电灯，而是蜡烛。烛光透过水晶球，泛射出耀眼的光芒。

房间中央有一张铺设红色丝绒的安乐摇椅，坐着一个好像在哪里见过的老人。小林想起来了，就是那个做西洋镜生意的白胡子爷爷。曾经，他在返回事务所途中与白胡子爷爷相遇。

当时，白胡子爷爷站在西洋镜旁边招揽生意。小林当了一回顾客，把眼睛凑到窥视孔跟前观看铁塔王国的风景。白胡子爷爷当时身穿的是棋盘图案的西装套装。眼下坐在安乐椅上的老人，与白胡子爷爷的打扮以及长相十分相似。

椅子前面的红色地毯上，趴着两只大独角虫怪物。其中一个独角虫怪物体形高大，一副睡觉的姿势。看上去像是尼龙纤维制作的躯壳，里面没有人。

另一个独角虫怪物比较瘦小，还在不停地晃动。

"啊哈哈哈……"

突然，坐在安乐椅上的白胡子爷爷张开大嘴，抖动着长长的银色胡须，发出惊天动地的狂笑声。

"喂，怎么啦？累了吗？从今天起，你就是铁塔王国少年卫队的队员。当然，你还只是一名新兵，明白了吗？今天是训练的头一天，艰苦训练的日子还长着呢。从今天起，每天都要参加严格的训练。等到训练结束，你就可以成为一名出色的卫队队员。

"按照你的训练成绩授予军衔，一旦升上将军就可以成为我的助手，协助我南征北战，征服东京、大阪、京都，凡日本国内的每一个地方我都要征服。让我们的独角虫大军在各地展现英姿，威震全国。你明白我说的话了吗？

"我要让整个日本知道铁塔王国独角虫的威力，让不服气的人尝尝独角虫的厉害。我是铁塔王国的元首，是独角虫大王。明白了吗？你的爸爸不服从我的命令，不向我铁塔王国提供军费。作为惩罚，让你到铁塔王国独角虫少年卫队充军。凡是不服从我命令的家伙，都是这样的下场。

"独角虫少年卫队的训练是非常严格的。你听见了吗？新兵入伍的第一天，都要接受训示，接下来就由我亲自传教独角虫怪物的行走、跳跃等方法。现在已经是晚上九点半了，可我还是想教你这些动作。

"套上这样的甲衣，有时候要像昆虫那样爬行，有时候要像鸟那样飞行，这些动作的难度非常大。铁塔王国还没有一个能像我这样行走自如的人呢。好了，不多说了，你要认真记住哟！"

白胡子爷爷说完站起来，将红色地毯上椅子跟前的那个独角虫怪物躯壳翻转过来，让它腹部朝上背部朝下，随后拉开腹部上的拉链。接着，双脚先后踏入独角虫怪物的躯壳，再直起身来让身体和脑袋钻入。随后，站在里面把拉链拉上，趴在地上开始爬行。白胡子爷爷亲自模仿独角虫怪物行动的操练，在房间里开始了。

头上长着一只长矛般的尖角，身上长着好几条锯齿般的长腿，黑色的背上有白色骷髅图案。这个由白胡子爷爷扮演的独角虫怪物，以惊人的速度奔跑起来，一边跑一边做各种各样的动作。尽管他身着独角虫躯壳，但腿脚关节显得十分灵活。向前伸出的那只黑色长角，好像在探测什么，时而朝上，时而朝下。

独角虫的奔跑速度越来越快。不仅在地毯上奔跑，还时而跳到安乐椅上，时而跳到桌子上，那些动作，与那天晚上在银座大街上爬越轿车、奔跑的情况相似。

片刻，动作难度变得越来越高。瞧！独角虫怪物开始沿着房间的墙壁向上爬行。独角虫怪物的黑色身体发出嘎啦嘎啦的奇怪声响，将墙边的落地橱立面当作踏脚向上攀登。虽途中多次失败掉落在地上，可他仍然毫不气馁地坚持向上爬。终于，独角虫怪物爬上了天花板，接着，咣当一声从天花板上摔落在地毯上。那情景，犹如真独角虫倒栽葱一样。可白胡子爷爷扮演的独角虫，意志顽强，不停地重复着相同的动作。

当独角虫怪物再一次从天花板上掉落到地面发出响声的时候，呈四脚朝天的模样躺在地上，螳螂腿形状的长腿不停地晃动。经过一番摆动，他的整个身体翻转过来，恢复成背朝上肚子朝下的正常模样。不用说，这样娴熟的翻转动作，不经过严格训练是很难掌握的。

爬行和跳跃的操练进行二十分钟左右，独角虫仰面朝天地倒在地上不动了。接着腹部拉链被拉开，白胡子爷爷敏捷地钻出独角虫躯壳。他的脸上挂满了一串串的汗珠。

白胡子爷爷离开躯壳后坐到安乐椅上，对那个少年独角虫怪物说起话来："怎么样，看明白了吗？独角虫就是这样行动的。尽管你不可能达到我这样的技术水准，但从明天起必须每天与其他独角虫一起参加训练。谁不认真训练，谁的进步慢，我手上的鞭子就会抽在谁的身上。好了，快回房间睡觉吧！你是十二号房间，你应该知道在哪里。"

白胡子爷爷说完，可怜的小独角虫怪物开始蠕动着朝房门爬去。正从门缝朝房间里窥视的小林赶紧闪开，隐蔽在走廊的黑暗处。

门开了，随即又关上了。

尽管走廊上没有光线，可不知从哪里射来微弱的亮光，走廊上显得昏昏沉沉的。躲在黑暗处的小林，借助微弱的光线终于看清楚小独角虫怪物的模样。

　　小林的身体紧贴着墙体，隐蔽在黑暗处。这时候，黑色的独角虫怪物在小林跟前的走廊上缓缓通过。不用说，是刚才在房间里的那个小独角虫怪物。由于走廊狭窄，在黑暗中爬行的小独角虫怪物显得格外庞大，给人一种恐惧感。

鞭策训练

　　小林跟在小独角虫怪物身后，走进了十二号房间。

　　次日早晨，在这幢建筑的大房间里发生了令人不可思议的一幕。大房间里传出啪啪啪的皮鞭抽打声。

　　房间里，十几个独角虫怪物正列队绕圈爬行。圈子中央站着白胡子爷爷，手里举着一条长长的皮鞭。

　　这情景，与贤二、壮一兄弟俩在街角西洋镜里窥视到的情景相同。引诱兄弟俩窥视西洋镜的正是白胡子爷爷，就是现在手举皮鞭的人。瞧，连穿戴也一模一样。

"喂，听好了，别吊儿郎当的！喂，十一号，打起精神来！还有转圈子的时候不准离开队列，不仅要保持队形，还要与前面保持规定距离。"

啪！光溜溜的皮鞭，抽打在被称为十一号独角虫的背上。

"接下来是奔跑。跑不快的独角虫听好了，我只能用皮鞭伺候你。好了，听我的命令，开始！"

话音刚落，皮鞭在空中挥舞起来，发出了呼呼的声音。

十几个独角虫怪物都害怕皮鞭，拼命地奔跑起来。几十条锯齿般的螳螂腿与地面的摩擦声，在房间里发出纷乱的回声。独角虫怪物绕圈奔跑的情景，令人不寒而栗。

就在奔跑了大约三圈的时候，突然传来命令。

"停！"

白胡子爷爷发号施令。

"十二号，出列！"

与此同时，皮鞭抽打在十二号独角虫怪物的背上。

"奇怪！你是什么时候学会的。你不是昨天才到的新兵吗？按理说，动作不可能这么熟练。奇怪！把你的脸伸出来让我瞧瞧！怎么，还不出列？"

啪！又是一下。皮鞭重重地落在十二号独角虫的背上。被命令出列的十二号独角虫怪物装着没有听见，仍然呆呆地站在队伍里。

"奇怪！是谁让你代替训练的？你到底是谁？喂，再不出列我可要……"

长长的皮鞭，一下下抽打在一声不吭的独角虫背上。可十二号独角虫怪物没有吭声，龟缩在原地一动不动。

这时候，房间外面的走廊上响起不寻常的脚步声，离房门越来越近。

"喂，快过来！你这小子太不像话！居然躲在床底下逃避训练……元首阁下，我们发现昨天新入伍的十二号躲在床底下，把他带来了。"

贤二的双手被两个五大三粗的男子拽着出现在门口。这两个家伙是白胡子爷爷的手下，身穿夹克衫，斜眼歪鼻的，一看就不是好人。

　　"什么？果然不出所料。照这么说，房间里的这个十二号是别的什么人。喂，你们给把我十二号从躯壳里拽出来！"

　　白胡子爷爷抖动着长长的白胡子，大声吼道。两个部下一听到命令，立即把贤二交给白胡子爷爷，朝十二号猛扑过去，紧接着抓住十二号独角虫扭打起来，十二号终于体力不支败下阵来。

　　突然，两个家伙大声惊叫："你，你是谁？从哪里来的？"

　　从十二号独角虫躯壳里出来的不是别人，正是明智大侦探的助手小林芳雄。

　　昨天晚上，小林觉得贤二参加高难度的训练太可怜了，便代替他参加了今天的训练。对于滚爬奔跑这一系列动作，小林本身就很拿手。

　　昨天，他仔细观看了白胡子爷爷的表演过程，昨晚又模仿着操练了一段时间。很快，他全部掌握了独角虫的行动要领。遗憾的是，他今天超常的训练表现被白胡子爷爷识破，暴露了真实身份，再说躲在床底下的贤二也被抓获。眼下，两个少年已经无路可走。

原形毕露

"哈哈哈……还是在我的预料之中。你是明智大侦探的小林助手吧？你这个坏小子，竟敢爬到我这个太岁头上动土。哼！你来得正好！噢，我明白了。这一回你又是用老办法藏在我那辆轿车的后备箱里到这里的。

"可是，你现在是瓮中之鳖，休想从这里逃走。我也觉得你可怜，但根据铁塔王国的法规必须严惩。我们王国有成年卫队和少年卫队，但队员都不持枪，也不配备大炮和剑之类的武器。我们的武器是独角虫妖术。铁塔王国虽不设死刑，但惩罚手段比死刑还要严厉，也是相当于玩命的惩罚。喂，把这两个少年绑起来！把他们的嘴堵住！"

白胡子爷爷一声令下，两个男子取出早已准备好的绳索，朝俩少年走去。

就在这时候，一个黑色少年朝放松警惕的白胡子爷爷身上撞去，两只手同时朝老爷爷的白胡子和脑袋那里伸去，使劲一拽。

于是，老爷爷的假胡子和假发套全给拽了下来。暴露在大家面前的，是一张年轻的脸。

小林眼疾手快的这一举动，令年轻人啊地惊叫一声。他想用手捂住脸，可来不及了，脸上的五官和特征被众人看得清清楚楚。小林大笑起来："啊哈哈哈……独角虫大王原来是你呀！你难道不觉得你这回的化装术太低劣了吗？与自称天下第一的化装大师毫不相称。"

"什么？你说谁是化装大师？"

化装成白胡子老爷爷的歹徒，不知怎么的，神经质地反问。

"其实，明智先生早就知道你是谁了，只是没有说出来罢了……"

"那，我是谁？"

小林又哈哈笑了，伸出食指指着对方的脸。

"你就是怪盗二十面相，当然，你现在已经改名为四十面相。怎么样？你该认输了吧……化装成怪物把社会搅得鸡犬不宁的家伙，除了你还会有谁呢？不过，在我们火眼金睛的侦探面前，你的化装术就是再高明也是白搭。

"这次智慧较量，输家应该是你吧！你的第一个目标是明智先生，第二个目标是我以及我带领的少年侦探团。你之所以扰乱正常的社会秩序，是想看明智先生的笑话。企图让世人笑话明智先生无能。这就是你的真正目的。可你的本事也太不高明了，疯狂了没几天就露出马脚。怎么样，二十面相，不，四十面相，你该认输了吧？"

作为罪犯的首领，他是不可能放任小林如此数落自己的。

这时候，两个部下从两侧将小林抱住，用绳索将小林的手脚绑住。

化装成老人的二十面相，一看见小林此刻的狼狈相哈哈大笑起来。

"啊哈哈哈……现在轮到我笑你了吧。你太可怜了！脑袋瓜再聪明也只不过是嘴上没长毛的臭小子！不过，话得说回来，我还真佩服你，居然敢独自一人潜入我的铁塔王国，了解我的真相。

"可你没有想到吧，这么快就被我抓住了，现在竟然被五花大绑成了我的阶下囚。你已经是败者，已经成了我的笼中鸟。哈哈哈……瞧你这般模样也太可怜了！告诉你，你将受到我们王国最严厉的刑罚。喂，把这两个小子押到塔顶上去！"

二十面相嘿嘿冷笑着命令部下。

贤二与小林一样，手脚也被绑得无法动弹。两个部下拽着俩少年身上的牵绳，押着他们走出房间。二十面相冷笑着跟在身后。

飞禽猛兽

沿着石长廊转了好几道弯，来到一个圆形的铁板房间。这里好像是铁塔一楼，墙面都是黑色铁板，还有陡峭的铁梯。

"好，让他们往上爬。"

二十面相一声令下，两个彪形大汉推着俩少年向上爬。当爬至第五条铁梯的时候，眼前突然明朗起来。铁塔屋顶到了。

圆形地面上铺设着铁板，周围是不高的铁栏杆扶手。

"让他们朝下面看！"

二十面相命令道。两个部下将俩少年拽到扶手旁边，逼着他们往下看。

小林满不在乎，可贤二却吓得脸色苍白。铁塔外墙笔直向下延伸，宛如高高的断崖，令人不寒而栗。贤二吓得两腿禁不住直打哆嗦。

"怎么样？看明白了吗？你们休想逃出我的王国。这里是空中牢房，虽没有铁笼子，但它比任何牢房都坚固。要想逃走，只能把命搭上。好了，你俩就在这里慢慢休息吧！啊哈哈……再见！等一会儿，你们就会领略空中牢房的惊险场面。到那时候，你们可别哭鼻子哟！"

二十面相跟在两个部下身后下去，顺手关上通向屋顶的铁盖。在关闭铁盖前，二十面相探出脑袋得意忘形地说："喂，小林，为了让你们有思想准备，我还是先说一下吧。这大山里有秃鹫，就是飞禽中的猛兽。你们待在屋顶上，必须随时准备与秃鹫搏斗。现在是显示你们勇敢的时刻，否则，你们将很快成为秃鹫的美味佳肴。"

随着咔嚓一声，铁盖被上了锁。

俩少年被五花大绑地扔在空中牢房里。

"小林，怎么办？我怕！"

贤二哭丧着脸，紧紧挨着小林的身体。

"别怕！有我在。贤二，我们不会败给二十面相的。一定会战胜他！坚持就是胜利。"

小林一番充满自信的话，使得贤二重新鼓起了勇气和信心。可事到如今，小林难道还能转败为胜吗？他能用绳梯沿着铁塔外墙爬到地面吗？看来不行，绳梯的长度仅十米左右，而铁塔的高度有几十米。

"小林，我们能逃出去吗？"

"能！但最好是等待。"

"什么？等待？"

"是的。今天晚上，或者最迟在明天早晨，这里将发生翻天覆地的变化。我们必须坚持到这个时候……瞧，天气多好，万里晴空，我们唱歌吧！"

小林扯开话题，开始唱起歌来。

俩少年在空中牢房里一会儿唱歌，一会儿做游戏，彼此鼓励着。傍晚来临，凉风习习。在度过一个大白天后，小林开始问起贤二在学校里的学习情况，尽量分散贤二的注意力。

可两个人的肚子开始咕咕叫了起来，他们饿得难受极了。随着夜色不断加深，俩少年开始感到疲劳，无精打采地靠着扶手，伸直两条腿，耷拉着脑袋。

周围更暗了，远处传来咯吱咯吱的响声和吼声。这大概是大山里的鸟啼声和野兽吼叫声。

小林靠在扶手上，弯腰环视着昏暗的树林，好像在等什么人。

接着又过去几个小时，筋疲力尽的两个少年终于发出鼾声进入了梦乡。可猛然间又惊醒了。这里是空中牢房，一旦睡着的时候来了偷袭的秃鹫，后果不堪设想。

半夜过去了，凉风仍然不停地拂面而过。小林竖耳倾听，黑乎乎的树林里传出的是野兽吼声。并且，吼声好像越来越近。

突然，小林啊地轻轻叫了一声。透过黑暗朝远处望去，萤火虫似的光点忽亮忽暗的。

小林赶紧站起身来，从腰带内侧取出侦探七道具中的钢笔形手电，高高举起，时而按亮时而熄灭。贤二见状吃惊地站起来，问小林："小林，怎么啦？你在干什么？"

　　"我是用灯光打信号。瞧，远处有萤火虫那样的灯光。那是手电！握手电的人知道我们少年侦探团的信号。"

　　"咦？那是谁？"

　　"是我们的人！肯定是我们盼望的明智先生。"

　　"什么？是明智先生？"

　　"贤二，我进城前已经将信系在鸽子的腿上，让它飞到明智先生那里。在信中，我把这座城堡所处地理位置和特征画得非常详细。鸽子是昨晚飞离这里的。我想，明智先生一定是接到那封信赶来营救我们的。不光是先生，可能同行的还有当地的警员。这是刚才的手电信号告诉我的。贤二，我们得救了。"

　　"啊，太好了！让鸽子送信这主意太好了。小林，你真聪明。"

贤二猛然觉得浑身有劲，尽管肚子里还是空的。

手电信号交流结束后，手电灯光消失后不再亮了。黑暗里，警队将城堡围得水泄不通。这些警员是当地长野县警署派来的，离这很近。天黑的时候，他们悄悄包围了这里。

小林想到警员们行将攻城，心跳开始加速，怎么也按捺不住激动的心情。他竖耳辨别周围的动静，可城堡周围还是静悄悄的。

咦，这到底怎么啦？从信号对话结束已经过去一个多小时了，还是没有动静。小林犹如热锅上的蚂蚁，坐立不安。

天边开始发亮，拂晓来临。

其实这时候，明智大侦探和警队正在制定攻城方案，打算用绳梯铁钩挂住围墙顶端向上攀登，翻越围墙后再悄悄潜入城堡，趁敌人熟睡之际一窝端。

小林不可能知道这一情况，心急如焚。就在这时，天空中传来嗒嗒嗒的声响。

什么声音？小林紧盯着声音传出的方向。蒙蒙亮的天边出现一个形状奇特的怪物，渐渐地朝他俩靠近。模模糊糊的，像一只大鸟的形状。啊，也许是二十面相说的秃鹫？那是凶狠残暴的飞禽猛兽，经常袭击人类。

　　秃鹫模样的怪物朝铁塔飞来，黑影越来越大，不断传来翅膀与风摩擦时发出的响声。

穷途末路

城堡被几十名警员团团围住，城堡里出现了前所未有的混乱。瞬间，攻城开始，警员们沿着绳梯冲入城里。还在睡梦中的少年卫队士兵纷纷举手投降，他们都是遭绑架而充军的。此刻，少年们变成警队向导，带领警队冲向怪物团伙的营房。

城堡里设有许多暗道和秘密机关，怪物团伙的二十多个成员利用暗道和机关与警方激战。两个多小时后，除二十面相漏网外，其余歹徒被全部捉拿归案。其间，好几名警员负了伤。

警员给俘虏们戴上手铐后押上警车，接着开始搜捕二十面相。奇怪的是，不光二十面相无影无踪，明智大侦探也不知去向。

　　他俩究竟到哪里去了？不用说，一个抱头鼠窜，一个穷追不舍。

　　当时，二十面相趁混乱之际，独自一人朝铁塔方向跑去。明智大侦探发现后立即追上前去。

　　发现身后有追兵的二十面相，当即闯入附近的小房间将房门锁上。明智大侦探利用身体撞开房门闯进去搜查，二十面相下落不明。由于撞击房门时用去几分钟时间，给二十面相赢得逃跑时间。明智大侦探环视整个房间，发现房门是唯一出口。于是，他敲打四周墙壁检查是否有秘密通道和暗室。可忙乎了一阵子，没有发现可疑的地方。

　　忽然，天花板上传来奇怪的声响。明智大侦探连忙将手电灯光照向天花板，随着一声巨响，一个大独角虫怪物掉落在明智大侦探跟前。

　　就在明智大侦探撞门的时候，二十面相迅速披上事先放在房间里的独角虫躯壳，一溜烟爬上天花板，随即贴着顶面等待明智大侦探离开房间后再下到地面逃离。可明智大侦探转来转去，没有马上离开房间的迹象。光秃秃的顶面毕竟没有吸力，二十面相也不可能长时间趴在顶面上，终于掉落在地上。

二十面相迅速爬起来冲出房间，与明智大侦探展开赛跑，沿着弯曲的走廊，朝铁塔方向疾跑。

身披独角虫躯壳的二十面相，闯入铁塔一楼房间抓住墙边的铁梯向上攀登。二楼，三楼，四楼……他一骨碌爬到屋顶上。独角虫爬到铁梯顶端向下俯视，望着还在铁梯中途的明智大侦探，笑着嚷道："啊哈哈哈……明智先生，你有把握抓住我吗？我有武器，有让你吃惊的武器。喂，明智先生，你想看看屋顶上有谁吗？你的得力助手小林和贤二正在空中牢房里受苦呢！他俩是我的人质。

"你如果上来抓我，我就把他俩从塔顶上扔下去。啊哈哈哈……怎么样？就像过去一样，我在关键时刻都留有金蝉脱壳的绝招。没想到吧？明智先生，我命令你马上停止追赶行动。"

说完，二十面相用钥匙打开铁盖后爬到屋顶上。突然，他叫嚷起来。

　　天色已经大亮，塔顶上没有俩少年的身影。他赶紧沿着扶手边绕圈边寻找，还把头伸向扶手外寻找，仍然没有他俩的身影。

　　不可能的事情竟然发生了！屋顶唯一出入口的铁盖钥匙分明揣在自己的口袋里，加之离开塔顶时铁盖明明上了锁的。再说俩少年不可能从塔顶跳下去，跳下去是要断送生命的。他俩莫非藏在屋顶的什么地方？可屋顶上没有可以隐蔽的地方呀！难道俩少年学会了隐身魔法？

　　二十面相无意中抬头朝天空望去，发现一只庞大的鸟正朝塔顶飞来，伴随着清脆的声音。不，那不是鸟，是直升机。

　　直升机距离塔顶越来越近，驾驶舱已经清晰可辨。二十面相定睛一看，又啊地惊叫起来。驾驶舱里除飞行员外还有两个少年，一个是小林，一个是贤二，正微笑着望着站在塔顶惊恐万状的二十面相。

刚才朝着少年们飞来的就是这架直升机。明智大侦探考虑得非常周到，必须尽快救出可能成为人质的俩少年。

　　于是，明智大侦探请长野县警方与距离城堡最近的松本市的报社联系，请他们派一架直升机。直升机抵达塔顶上空放下绳梯，提前救出了小林和贤二。等到二十面相赶到塔顶时，俩少年已经在直升机上坐了半个小时。

　　正在寻找明智大侦探的警员们也注意到了塔顶，赶紧闯入铁塔，沿铁梯爬到屋顶上。转眼间，屋顶上到处是荷枪实弹的警员。

　　二十面相已经无路可走，等待他的是铮亮的手铐。可负隅顽抗的他并不甘心束手就擒，只见他慢吞吞地后退到扶手处，随后将身体贴紧扶手。

　　刹那间，意想不到的事情发生了。披着独角虫外壳的二十面相，猛地越过扶手站在扶手外侧。明智大侦探和警员赶紧冲上前去，可为时已晚。

　　扮演独角虫的二十面相在扶手外侧稍稍站了一会儿，随即箭一般地坠向五十米下面的地上。"再见！"传来二十面相很轻很轻的叫喊声。

轰动日本的独角虫怪物一案，以怪物首领二十面相坠楼而终结。

江户川乱步年谱

1894年　出生

本名平井太郎，10月21日出生于三重县名张市，为家中长子。父平井繁男，时任名贺郡官府书记员。母平井菊。

1897年　3岁

因父亲工作调动，举家搬迁至名古屋市。

1901年　7岁

4月，进入名古屋市白川寻常小学就读。

1903年　9岁

《大阪每日新闻》连载菊池幽芳的《秘密中的秘密》，母亲每晚都会念给他听，从此对侦探故事萌生了极大兴趣。

1905年　11岁

4月，进入市立第三高等小学。协助父亲采用胶版誊写版印刷和发行少年杂志。二年级时喜欢上了押川春浪的武侠冒险小说。

1907年　13岁

4月，升入爱知县立第五初级中学。读到黑岩泪香的《岩窟王》，印象特别深刻。

1908年　14岁

其父开设平井商店，主营进口机械的贸易销售，兼营外国保险代理和煤炭销售业务，并采购全套铅字，印刷和发行《中央少年》杂志。秋天，开始在学校附近租借宿舍，独立生活。

1910年　16岁

与要好同学坐船到中国的东北地区旅行。

1912年　18岁

3月，初中毕业。因喜欢出版事业，与同学到处奔走、筹备。6月，其父开设的平井商店破产倒闭。由于失去了学费来源，没有继续上高中。随父亲坐船到朝鲜马山，从事垦荒和测量工作。8月，只身赴东京勤工俭学，以优异成绩考入早稻田大学预备班，白天上学，晚上寄宿在东京都本乡汤岛天神町的云山印刷厂，逢休息日打工。12月，迁到春日町借宿，业余时间靠誊写挣钱。

1913年　19岁

春，与祖母在东京牛込喜久井町生活，重读黑岩泪香等著名作家写的侦探小说。曾计划印刷和发行《少年新闻报》。8月，预备班毕业，考入早稻田大学经济学专业学习。

1914年　20岁

春，与同学创办《白虹》杂志，利用业余时间阅读爱伦·坡、柯南·道尔等英国作家的短篇侦探小说。为了阅读侦探小说，辗转于各大图书馆，所做的笔记装订成册，称为《奇谈》。

1915年　21岁

其父回国供职于某保险公司，在牛込与全家一起生活。继续阅读外国侦探小说，并悉心研究"暗号通讯文书"的由来、规则和特点。

1916年　22岁

8月，毕业于早稻田大学经济学专业，入职大阪府贸易商加藤洋行。

1917年　23岁

5月，从加藤洋行辞职，在伊东温泉开始阅读谷崎润一郎的作品《金色之死》，执笔撰写电影评论文章。11月，入职三重县鸟羽造船厂电机部，参与内部杂志《日和》的编辑。

1918年　24岁

4月，其父再赴朝鲜工作。与鸟羽造船厂的同事组织"鸟羽故事会"，在各剧场、小学巡回。冬，在坂手村小学结识村上隆子。

1919年　25岁

辞职到东京。2月，与两个弟弟在东京本乡驹达町经营一家旧书店"三人书房"。7月，在书店二层编辑《东京PACK》杂志。11月，开设中华面馆。同年，与村上隆子成婚。

1920年　26岁

2月，入职东京市政府社会局。10月，关闭旧书店，入职大阪时事新报社，担任记者，经常与井上胜喜谈论侦探小说，开始撰写《二钱铜币》。

1921年　27岁

3月，长子平井隆太郎诞生。4月，在东京担任日本工人俱乐部书记。

1922年　28岁

8月，辞职后回到大阪府外守口町的父亲家，与父亲一起生活。9月，《二钱铜币》《一张收据》完稿，正式向某杂志社投稿，但未被采用。不久，改投《新青年》杂志，经审定采用。12月，入职大桥律师事务所。

1923年　29岁

4月，《二钱铜币》在《新青年》刊载，小酒井不木博士长文推荐。7月，《一张收据》在《新青年》刊载，辞去大桥律师事务所工作，入职大阪每日新闻社广告部。

1924年　30岁

4月，关东大地震，全家迁回大阪。7月，在《新青年》发表《二废人》。10月，在《新青年》发表《双生儿》。11月底，离开大阪每日新闻社，成为职业作家。

1925年　31岁

1月，在《新青年》增刊发表《D坂杀人事件》，名侦探明智小五郎首次登场。到名古屋拜访小酒井不木。之后，到东京拜访森下雨村，结识《新青年》派作家。2月，在《新青年》发表《心理测验》。3月，在《新青年》发表《黑手组》。4月，在《新青年》发表《红色房间》，与春日野绿、西田政治、横沟正史等作家发起创建"侦探兴趣协会"。5月，在《新青年》发表《幽灵》。7月，在《新青年》发表《白日梦》《戒指》。8月，在《新青年》增刊发表《天花板上的散步者》。9

月，在《新青年》发表《一人两角》，在《苦乐》发表《人间椅子》；其父逝世。10月，成立"新兴大众文艺作家协会"。

1926年　32岁

发表侦探小说《噩梦塔》（直译名《幽鬼之塔》）等多篇作品。12月，在《朝日新闻》上连载《畸心人》（直译名《侏儒法师》）。

1927年　33岁

3月，停笔，与妻平井隆子开设"宿舍租借有限公司"。不久，独自外出旅行，到日本海沿岸、千叶县沿岸等地；10月，到京都、名古屋等地；11月，与小酒井不木、国枝史郎、长谷川伸和土师清二等人创建大众文艺民间合作组织"耽绮社"。

1928年　34岁

3月，出售早稻田大学附近的宿舍。4月，买下东京户塚町源兵卫一七九号的房屋。同年，发表《丑角师》（直译名《地狱丑角师》）。

1929年　35岁

1月，在《新青年》发表《噩梦》。6月，发表处女随笔《恶魔王》（直译名《恐怖的魔王》）。8月，在《讲谈俱乐部》连载《蜘蛛男》。

1930年　36岁

5月，改造社出版《孤岛之鬼》。7月，在《讲谈俱乐部》连载《魔术师》。9月，在《国王》连载《黄金假面》。10月，讲谈社出版《蜘蛛男》。

1931年　37岁

5月，平凡社出版《江户川乱步选集》13卷。同年，出版《迷重重》(直译名《钟塔的秘密》)、《暗黑星》和《邪与恶》(直译名《影男》)。

1932年　38岁

3月，停笔，带全家外出旅游，先后到过京都、奈良、近江等地。

1933年　39岁

1月，加入大槻宪二创建的"精神分析研究会"，每月出席例会，并为该会《精神分析杂志》撰稿。4月，长子平井隆太郎升入大阪府立第五初中学校。同年，好友山本直一辞去博物馆工作，担任江户川乱步的助手。12月，在《国王》连载《红蝎子》(直译名《红妖虫》)。

1934年　40岁

发表《恐吓信》(直译名《魔术师》)、《黑天使》和《不归路》(直译名《死亡十字路》)。

1935年　41岁

1月，平凡社陆续出版《江户川乱步杰作选》12卷。6月，春秋社出版《人间豹》。9月，编写《日本侦探小说杰作集》，由春秋社出版，并发表长篇评论文章。

1936年　42岁

1月，在《讲谈俱乐部》连载《绿衣人》；在《少年俱乐部》连载《怪盗二十面相》。5月，春秋社出版评论集《鬼的话》。12月，讲谈社出版《怪盗二十面相》。

1937年　43岁

1月，在《讲谈俱乐部》连载《噩梦塔》(直译名《幽鬼之塔》)，在《少年俱乐部》连载《少年侦探团》。战争爆发后，政府当局对于出版物的审查越来越严格，江户川乱步的所有小说被禁止出版发行，不得不停止撰写侦探小说。为了生活，江户川乱步借用别名为少年儿童撰写探险小说。后来，当局只允许江户川乱步撰写防谍反特小说，在杂志和报纸决定连载前，必须经过外交部、内务部、警视厅和宪兵机构的联合审查，达成一致意见后方可使用江户川乱步的名字刊登。由于公开抗议，被勒令停止写作，结果只写了一部小说。

1938年　44岁

1月，在《少年俱乐部》连载《妖怪博士》。3月，讲坛社出版《少年侦探团》。4月，新潮社出版《噩梦塔》。9月，新潮社出版《江户川乱步选集》10卷。

1939年　45岁

1月，在《讲谈俱乐部》连载《暗黑星》，在《少年俱乐部》连载《蒙面人》。2月，讲谈社出版《妖怪博士》。

1940年　46岁

2月，讲谈社出版《蒙面人》。7月，因心脏不适住院治疗。10月，与同人创立"大政翼赞会"。

1941年　47岁

7月，非凡阁出版《噩梦塔》。12月，任东京池袋丸山町防空会长。

1942年　48岁

任东京池袋北町会副会长，以"小松龙之介"的笔名连载《聪明的太郎》。

1943年　49岁

与著名作家井上良夫书信往来，交流对欧美侦探小说的看法。8月，开始连载科幻小说《伟大的梦》。11月，东京大学文学部在读的长子平井隆太郎被征召入伍，为其举行送别会。

1944年　50岁

出任行政监察随员助手，后在町会领导下开设军需品加工厂生产皮革制品。

1945年　51岁

4月，家属被疏散到福岛，自己则只身留在东京池袋，继续担任町会副会长。6月，因病被疏散到福岛。8月，在病床上听到裕仁天皇宣布无条件投降，平井隆太郎从土浦飞行队退役。11月，举家迁回池袋。

1946年　52岁

6月，倡议成立"侦探小说星期六研讨会"，每月开一次例会。

1947年　53岁

6月，"侦探小说星期六研讨会"更名"侦探作家俱乐部"，被选举为第一届主席。11月，到关西等地演讲，普及和推广侦探小说。没有新作问世，但旧作再版达31部。

1949年　55岁

1月，在《少年》连载《青铜怪人》。6月，再度当选侦探作家俱乐部会长。11月，光文社出版《青铜怪人》。

1950年　56岁

1月，在《少年》连载《虎牙》。3月，在《报知新闻》连载《断崖》，为战后首部短篇侦探小说。12月，光文社出版《虎牙》。

1951年　57岁

1月，在《趣味俱乐部》连载《恐怖的三角馆》，在《少年》连载《透明怪人》。5月，岩谷书店出版评论集《幻影城》。12月，光文社出版《透明怪人》。

1952年　58岁

1月，在《少年》连载《怪盗四十面相》。3月，评论集《幻影城》荣获侦探作家俱乐部授予的"第五届优秀侦探小说勋章"。7月，辞去侦探作家俱乐部会长一职，任名誉会长。12月，光文社出版《怪盗四十面相》。

1953年　59岁

1月，在《少年》连载《宇宙怪人》。12月，光文社出版《宇宙怪人》。

1954年　60岁

1月，在《少年》连载《塔上魔术师》。10月，日本侦探作家俱乐部、东京作家俱乐部和捕物作家俱乐部联合主办"江户川乱步六十大寿庆典"，会上正式设立"江户川乱步奖"。《别册宝石》第四十二期杂志作为

"江户川乱步六十周岁纪念特刊"，《侦探俱乐部》十二月号杂志也作为"乱步花甲纪念特刊"。著名作家中岛河太郎编纂和发行《江户川乱步花甲纪念文集》。11月，映阳堂出版《江户川乱步选集》10卷。12月，光文社出版《塔上魔术师》。

1955年　61岁

1月，在《趣味俱乐部》连载《影男》，在《少年》连载《海底魔术师》，在《少年俱乐部》连载《灰色巨人》。5月，举行首届"江户川乱步奖"颁奖仪式。11月，在三重县名张市举行"江户川乱步诞生地"树碑庆贺仪式。12月，光文社出版《海底魔术师》《灰色巨人》。

1956年　62岁

1月，在《少年》上连载《魔法博士》，在《少年俱乐部》上连载《黄金豹》。1月24日，"日本翻译家研究会"成立，出任研究会顾问。2月，出任"日本文艺家协会语言表述问题专业委员会"委员。4月，发表《英文翻译侦探小说短篇集》。8月，接任《宝石》杂志主编。11月，光文社出版《马戏团里的怪人》《魔法人偶》。

1957年　63岁

1月，在《少年》连载《夜光人》，在《少年俱乐部》连载《奇面城的秘密》，在《少女俱乐部》连载《塔上魔术师》。12月，光文社出版《夜光人》《奇面城的秘密》《塔上魔术师》。

1959年　65岁

1月，在《少年》连载《假面具背后的恐怖王》。11月，桃源社出版《欺诈师与空气男》，光文社出版《假面具背后的恐怖王》。

1960年　66岁

1月，在《少年》连载《带电人M》。4月，出任东都书房《日本侦探推理小说大集成》编辑委员。

1961年　67岁

4月，成为文艺家协会名誉会员。7月，出席"江户川乱步从事侦探小说创作四十周年庆典"，桃源社出版《侦探小说四十年》。10月，桃源社出版《江户川乱步全集》18卷。11月3日，荣获日本政府颁发的"紫绶褒勋章"。

1963年　69岁

1月，"日本侦探作家俱乐部"升格为社团法人"日本推理作家协会"，被一致推选为第一届理事长。8月，再次当选，坚辞不受，亲自提名松本清张接任第二届理事长。

1965年　71岁

7月28日，突发脑出血逝世，戒名智胜院幻城乱步居士。获赠正五位勋三等瑞宝章。8月1日，在青山葬仪所举行日本推理作家协会葬，墓所位于多摩灵园。

译后记

我 1981 年 8 月考入宝钢翻译科从事翻译工作，1982 年初开始从事日本文学翻译，1983 年 2 月首次发表日本文学译作。四十余年来，我一直致力于中日民间文化交流，尤其是翻译了日本推理文学鼻祖江户川乱步的作品全集，由衷地感到欣慰和满足。

《江户川乱步全集》共 46 册，数百万言，历经数个寒暑才翻译完成。回首往事，第一天坐在桌案前写下第一行译文的情景仍历历在目。为了解江户川乱步的创作思想、创作背景和准确把握作品的神韵，除反复阅读其所有小说作品外，我还遍览《侦探推理文学四十年》《乱步公开的隐私》《幻影城主》《奇特的立意》和《海外侦探推理文学作家和作品》等乱步的随笔和评论集。并专程去了坐落在东京丰岛区池袋的江户川乱步故居考察，到日本国家图书馆查阅了有关江户川乱步的许多资料。

为了让更多的人了解江户川乱步，我在《新民晚报》先后发表了《江户川乱步，日本侦探推理文学的先驱》《日本的福尔摩斯》《江户川乱步的起步》《徜徉少年大侦探系列》《徜徉青年大侦探系列》，接受了腾讯视频、东方电视台、《上海翻译家报》、沪江网、日语界以及日本青森电视台、《东粤日报》、《朝日新闻》、《产经新闻》、《中日新闻》的相关采访。

鲁迅说："伟大的成绩和辛勤劳动是成正比的，有一分劳动就有一分收获。日积月累，从少到多，奇迹就可以创造出来。"我历经数年辛劳翻译的这版《江户川乱步全集》，2004年4月被乱步故里日本名张市政府收藏，2020年10月又被日本驻上海总领事馆收藏，并荣获国际亚太地区出版联合会

APPA翻译金奖，其中的"少年侦探团系列"荣获国家新闻出版总署优秀少儿图书三等奖。

江户川乱步可以说是日本推理文学的代名词，江户川乱步奖是推动日本推理文学作家辈出的巨大动力，《江户川乱步全集》是世界侦探推理文学的瑰宝。希望通过这套《江户川乱步全集》，可以让更多的读者共同享受推理文学的乐趣。

2021年元旦于上海虹桥东华美寓所

图书在版编目（CIP）数据

铁塔王国 /（日）江户川乱步著；叶荣鼎译. --济南：山
东画报出版社，2021.4
（江户川乱步全集·少年侦探团系列）
ISBN 978-7-5474-3827-5

Ⅰ.①铁… Ⅱ.①江… ②叶… Ⅲ.①儿童小说 - 侦探小说 -
日本 - 现代 Ⅳ.①I313.84

中国版本图书馆CIP数据核字（2021）第040608号

TIETA WANGGUO

铁塔王国
〔日〕江户川乱步 著　叶荣鼎 译

责任编辑　梁培培
装帧设计　Pallaksch

出 版 人　李文波
主管单位　山东出版传媒股份有限公司
出版发行　**山东画报出版社**
　　　　社　　址　济南市市中区英雄山路189号B座　邮编 250002
　　　　电　　话　总编室（0531）82098472
　　　　　　　　　市场部（0531）82098479　82098476（传真）
　　　　网　　址　http://www.hbcbs.com.cn
　　　　电子信箱　hbcb@sdpress.com.cn
印　　刷　山东新华印务有限公司
规　　格　787毫米×1092毫米　1/32
　　　　　　　7印张　90千字
版　　次　2021年4月第1版
印　　次　2021年4月第1次印刷
书　　号　ISBN 978-7-5474-3827-5
定　　价　36.00元

如有印装质量问题，请与出版社总编室联系更换。